KB252265

감성의 유전자를 물려주신 부모님께

자녀의 미래를 바꾸는
생각습관

초판 인쇄 : 2007년 4월 10일
초판 발행 : 2007년 4월 10일

글쓴이 : 권 오 준
발행인 : 이 종 엽
펴낸곳 : 글모아출판

등록 : 제324-2005-42호
주소 : 서울시 강동구 길동 349-6 정일빌딩 3층
전화 : 02)488-3280
팩스 : 02)488-3281

값 10,000원

ISBN 978-89-957542-3-8  43800

자녀의 미래를 바꾸는

# 생각습관

권오준 지음

글모아 출판

이탈리아 토리노 모터쇼에 갔다가 '카디자이너의 밤' 파티에 참석한 적이 있습니다. 그곳에는 벤츠나 BMW, 폴크스바겐, GM 등 내로라하는 자동차 회사의 카디자이너들이 모여 있었습니다. 그들은 모두 미래의 차 개발에 참여한 유명 디자이너들이었습니다. 얘기를 들어보니 그들은 어느 분야를 가리지 않고 다양한 관심을 갖고 있었습니다. 카디자인은 자동차 하나만을 연구해서 나오는 것이 아니었습니다. 때로는 차와 상관없는 사람들과 교류하고, 때로는 콘서트나 여행을 하면서 아이디어를 찾아내고 있었습니다. 그들은 이 세상에 단 한 번도 나온 적이 없는 아이디어를 찾는 전문가이자, 생각습관 중독자였습니다.

시험 성적만 좋으면 대학에 들어갈 수 있는 때가 있었습니다. 학생들은 죽어라 암기하고 공부만 하면

별다른 고민을 할 필요가 없었습니다. 지금은 그런 공부가 통하지 않습니다. 논술의 비중이 커졌습니다. 단순히 암기하는 것으로 능력을 발휘하던 시대는 완전히 지나갔습니다.

이제는 어떤 쟁점에 대해 자신의 주장을 내세울 줄 알아야 합니다. 무엇인가 주장하려면 적절한 근거를 보여주어야 하고, 비판하고 분석할 능력도 있어야 합니다. 한마디로 사고력, 즉 생각하는 능력 없이는 해결하기 어려운 것입니다. 우리의 자녀들에게 생각습관을 일깨워주어야겠다는 발상이 나온 이유가 바로 그 때문입니다.

나는 우리가 얼마나 좁은 세계에서 살고 있는지 이 책에서 알려주고 싶었습니다. 그 대표적인 것이 바로 영어에 관한 이야기입니다. 우리 사회에 널리 퍼져 있는 영어지상주의, 즉 영어만 잘하면 다 된다는 식

의 생각이 얼마나 잘못된 것인지 깨달았으면 하는 것입니다. 세계무대에서 활동하고 있는 전문가나 국내 진출한 기업의 외국인들은 영어 구사능력보다 창의력과 논리, 인성교육을 더 중요한 요소로 꼽고 있다는 점을 결코 가볍게 보지 말아야 할 일입니다.

외국인과의 다양한 체험을 많이 다룬 이유는 이 책이 단순히 논술을 대비하는 것에 그쳐서는 안 된다는 생각 때문이었습니다. 그들은 우리와 생각습관에서 큰 차이를 보입니다. 생각에 융통성이 있어서, 때로는 생각을 뒤집어보거나 엎어보기도 합니다. 아주 작은 일에도 감동의 눈물을 흘리며 약자(弱者)를 도와주고 보호해줍니다. 외국인들의 도전정신과 모험정신도 우리가 생각해보아야 할 대목입니다. 루비콘 트레일 모험과 외국 특파원들의 목숨 건 약속 지키기도 우리가 배워야 할 점입니다. 아테네 대학에서 벌어진

야유회 관련 회의는 민주주의의 진정한 개념을 되짚
어보도록 하는 계기가 되었습니다.

야생동물인 사자들의 세계를 우리 인간의 그것에
비유하는 것도 하나의 아이디어입니다. 누구든 한 가
지 분야에 집중하면 독창적인 생각이 나올 수 있는
것입니다. 주말농장의 경험과 베를린에서 전해 들은
터키 아이의 수학여행, 어머니에 대한 이야기, 대합
실에서 받은 1유로 이야기 등은 가슴을 적셔보면서
생각해볼 만한 것들입니다. 우리는 그 이야기에서 아
주 작고 사소한 것 속에 얼마나 아름답고 귀중한 교
훈이 숨어 있는지 생각해볼 수 있을 것입니다. 모두
생각습관의 재료로 삼을 수 있고, 생각습관을 위한
훌륭한 자극제가 되리라 믿습니다.

각각의 이야기 꼬리에는 〈생각창고〉를 만들어 토
론에 쓰도록 했습니다. 짧고 간단한 질문이지만, 상

대방의 입장에서는 어떤 생각을 하고, 어떤 의문점을 떠올려보아야 하는지도 자연스럽게 배울 수 있을 것입니다.

글을 쓰면서 마치 먼지 쌓인 오래된 사진첩을 꺼내 보는 듯한 느낌이 들었습니다. 외대 그리스-발칸어과 유재원 교수님의 아테네 이야기는 이 책을 만드는데 결정적인 계기가 되었습니다. 화천 〈감성마을〉 촌장인 이외수 선생은 내 생각습관에 언제나 영양제를 주시는 분입니다. 언젠가 화천에서 서울로 돌아오는 차에서 〈연탄길〉의 작가 이철환님과 나누었던 감성 이야기도 엔돌핀이 되어 주었습니다. 교정을 해준 아내에게는 미안함과 감사함을 표시하고 싶습니다. 아빠의 글에 늘 비판의 칼날을 들이대는 큰딸 지우에게도 고마울 뿐입니다. 내 글을 책으로 묶어준 글모아출판사의 홍정표 사장님에게도 깊은 감사를 드립니다.

그동안 수많은 사람을 만났습니다. 가벼이 여길 사람은 아무도 없었습니다. 모두 생각습관을 들이고 다지는데 내게 적잖은 영향을 주었습니다. 그 가운데 후배 김재욱은 내 생각습관에 가장 진한 감동을 준 사람으로 기억됩니다.

분당에서 권오준

# Contents

## 생각습관 – 감성과 감동



## 찾아보기  / 197

남극점

# 아문센과 스콧

**50자 요약**

아문센은 열악한 여건을 이겨내고
스콧과의 남극 경쟁에서 승리함으로써
치밀한 전략이 얼마나 중요한지 보여주었다.

1911년 10월 19일 남극의 로스 해안에서 역사적인 사건이 시작되었습니다. 노르웨이 출신 아문센이 남극점을 향해 탐험의 첫발을 내딛었던 것입니다. 열흘 뒤에는 영국의 스콧 탐험대가 역시 남극점 정복을 위해 출발함으로써 본격적인 경쟁이 시작되었습니다.

해군 장교 출신의 스콧은 영국에서 이미 최고의 지휘관으로 이름을 날려 탐험대를 이끌게 되었습니다. 스콧은 운반수단으로 조랑말을 선택했습니다. 조랑말은 짐이 무거워도 잘 이겨내는 동물이라 극지 탐험에 제격이라고 판단했던 것입니다. 그것은 오판(誤判)이었습니다. 조랑말들은 얼마 가지 못해 영하 수십 도의 혹한을 견뎌내지 못하고 모두 죽어버렸습니다. 스콧 일행의 행군은 더 어려워졌습니다. 대원들의 사기는 땅에 떨어지고 말았습니다.

1912년 1월 18일 스콧 일행은 온갖 어려움을 이겨내며 남극점에 도달했습니다. 그것은 기적에 가까운 일이었습니다. 그런데 눈보라 사이로 국기 하나가 펄럭였습니다. 바로 노르웨이 국기였습니다. 이미 한 달 전 남극점을 정복한 경쟁자 아문센의 편지도 볼 수 있었습니다. 스콧 일행은 절망에 빠져버렸습니다.

스콧 일행이 베이스캠프로 돌아가는 길은 더 험난했습니다. 식량 부족으로 대원들이 영양실조에 걸려 쓰러졌고, 동상(凍傷)에 걸려 하나 둘씩 죽어갔습니다. 스콧 일행에게는 실낱같은 희망도 보이지 않았습니다. 더 이상 추위와 배고픔, 동상을 이겨낼 의지조차 없었습니다.

스콧은 강추위와 눈보라 속에서 아내에게 마지막 편지를 썼습니다. 아내에게 보내는 후회의 서한이었습니다. 스콧은 편지 한 장을 남기고 그곳에서 최후를 맞이했습니다. 그는 식량과 의료품이 보관되어 있던 베이스캠프에서 불과 17킬로미터 떨어진 곳까지 왔던 것입니다. 그의 죽음은 너무나 안타까웠습니다.

남극점에 먼저 도착한 아문센은 스콧과 달리 치밀한 작전으로 당시의 열악한 탐험 여건을 극복했습니다. 그는 장비와 식량운반을 모두 개썰매에 의존했습니다. 개의 추위 적응력은 기대 이상으로 뛰어났습니다. 아문센은 만일의 사태에도 철저히 대비했습니다. 탐험로 곳곳에 임시 저장소를 설치하여 비상식량은 물론, 의약품까지 보관해두었던 것입니다.

아문센의 치밀한 준비 덕분에 탐험 중 대원 누구도 영양실조에 걸리지 않았으며, 그 누구도 심한 동상에 걸려 시간을 지체하지 않았습니다. 매서운 혹한 속에서 단 1분도 시간을 낭비하지 않았고, 팀원 모두 최상의 컨디션을 유지하며 전진할 수 있었습니다.

그는 남극점을 정복하기 이미 13년 전에 탐험에 대한 구상을 했습니다. 1898년 남극에서 겨울을 보내는 동안 최악의 환경을 이겨내려면 무엇이 필요한지, 또 어떤 대비를 해야 하는지 철저하게 연구해두었던 것입니다. 반면 스콧은 여유 있는 탐험여건에 만족하고 있었으며, 남극이 자신의 땅이라고 큰소리 치며 자만에 빠져 있었습니다.

아문센과 스콧은 같은 시기에 모두 세계의 이목을 끌었지만, 결과는 서로 너무나 달랐습니다. 한 사람은 추위 속에서 서서히 죽어갔고, 한 사람은 남극점을 정복하여 역사에 이름을 새겨 넣었던 것입니다. 풍족한 여건은 결코 중요한 것이 아니었습니다. 그보다 더 중요한 것은 치밀한 준비와 리더의 전략이었습니다.

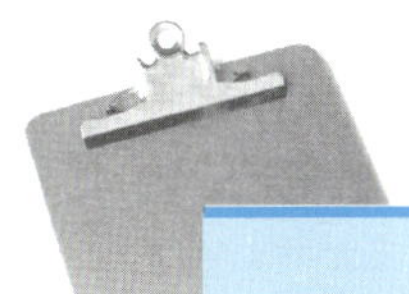

- 스콧의 탐험 자세를 비판해보세요.

- 아문센이 남극점 정복에 성공했던 요인으로 무엇을 꼽을 수 있을까요?

- 인간의 한계를 뛰어넘는 도전 사례에는 어떤 것이 있는지 찾아보세요.

# 사자의 사냥전략

**50자 요약**

사자의 사냥전략은 상대에 따라 다르다.
들소 사냥에는 신중함과 융통성을 발휘하고
코끼리 사냥할 때는 그들의 습성을 잘 이용하고 있다.

언젠가 텔레비전 야생동물 다큐멘터리에서 사자가 코끼리를 잡아먹는 장면을 보았을 때 여러 생각이 들었습니다. 사자는 어떻게 해서 코끼리를 공격하게 되었는지, 또 어떻게 특공대원처럼 일사불란하게 공격할 수 있었는지 궁금증이 생겼던 것입니다.

사자는 아주 치밀하면서도 융통성이 있고, 교활하면서도 용맹함이 돋보이는 동물입니다. 이는 같은 고양이과 동물인 표범이나 치타와 구별됩니다. 사자는 무리를 지어 살고 있어 유대감도 남다릅니다. 사냥을 할 때는 무리를 공격조와 몰이조로 나누어 성공률을 높이고, 먹이가 부족할 때면 서로 의지하고 격려하며 살아갑니다.

사자는 들소 사냥을 좋아합니다. 사자는 얼룩말이나 누, 멧돼지, 원숭이까지 닥치는 대로 잡아먹지만, 유독 들소사냥에 집착합니다. 분명한 이유가 있습니다. 다 자란 들소 한 마리를 잡으면 10여 마리의 무리가 너끈히 배를 채울 수 있고, 발 빠른 영양이나 누를 잡을 때보다 에너지 소비를 줄일 수 있기 때문입니다.

그러나 들소 사냥에는 위험이 따릅니다. 들소는 덩치가 크고 힘이 세며 날카로운 뿔도 있습니다. 팀워크도 뛰어납니다. 사자가 공격해오면 들소는 순식간에 방어대형을 갖추는 것은 물론, 이따금 반격에 나설 때도 있습니다.

들소도 사자들의 빈틈을 노립니다. 사자의 공세(攻勢)가 약해지거나 공격조의 손발이 잘 안 맞을 때를 노려 반격을 개시합니다. 서너 마리씩 한 조를 이루고 콧김을 내뿜으며 사자에게 달려드는 것입니다. 가끔 사자가 공격을 하다 들소의 뿔에 받히는 경우도 있습니다. 사자에게는 치명적입니다.

들소가 기세등등해지면 사자들은 작전을 바꿉니다. 모

든 공격을 취소하고 후퇴를 합니다. 사자 공격조의 리더는 무리가 냉정을 되찾고 흥분하지 않도록 진정시킵니다. 들소가 워낙 강경하게 나오면 손쉽게 사냥할 수 있는 들소새끼 공격마저도 중단해버립니다. 사자는 공격할 때와 후퇴할 때를 분명히 알고 있는 것입니다.

반면에 들소 무리가 겁을 먹고 도망칠 경우 사자들은 엄청난 집중력을 발휘하여 공격합니다. 사자들은 지진해일, 즉 쓰나미가 몰려가는 것처럼 총공격을 퍼붓습니다. 사자들의 공격이 거세지면 이번에는 들소 쪽에서 타협안을 내놓습니다. 즉, 한 마리를 제물로 바칠 각오를 하는 것입니다. 들소 한 마리를 잡으면 사자는 모든 공격을 멈추고 먹잇감에 몰려듭니다. 그렇게 되면 일찌감치 상황이 끝나버립니다. 들소 무리는 다시 평화롭게 풀을 뜯으며 일상생활로 돌아갑니다.

어느 뜨거운 날, 사자 한 마리가 진흙탕에 빠져 허우적거리는 들소를 발견했습니다. 사자는 먹이 앞에서도 신중함을 잃지 않았습니다. 자신도 진흙탕에 빠질 수 있다는 점을 잘 알고 있었습니다. 사자는 진흙이 마를 때까지 기다린 다음 들소의 숨통을 끊고 있었습니다. 나는 사자가 그토록 인내심이 많은 동물인줄 몰랐습니다.

사자는 코끼리를 공격할 때 좀 더 치밀하고 확실한 전략을 구사하고 있었습니다. 사자는 무엇보다 코끼리의 습성을 정확히 파악해두고 있었습니다. 코끼리들이 덩치가 크고 팀워크가 뛰어나지만, 유난히 흥분을 잘한다는 성질을 이용하는 것입니다. 코끼리 사냥의 성공은 기습에 좌우됩니다. 일단 서너 마리의 공격조가 코끼리 무리를 향해 돌진합니다. 허를 찔린 코끼리들은 소리를 지르며 우왕좌왕하다가 사방으로 흩어지고 맙니다. 사자들은 즉시 공격 대상 코끼리를 정한 다음, 몰이조를 투입합니다. 그 한 마리에 대한 고립작전을 전개하는 것입니다.

외톨이가 된 코끼리는 미친 듯 날뜁니다. 공격조는 그 때를 놓치지 않습니다. 암컷 한 마리가 코끼리 등 위로 뛰어올라 목덜미 급소를 물어뜯습니다. 피냄새가 진동하고 통증이 시작되면 코끼리는 더 흥분하기 마련입니다. 이쯤 되면 코끼리의 운명은 끝난 것이나 다름없습니다. 사자 무리는 집중적으로 하체의 급소를 공격해서 쓰러뜨립니다. 사자는 코끼리들이 전열(戰列)을 가다듬고 동료 구출작전을 펴기 전에 사냥감의 숨통을 끊어놓습니다.

코끼리 사냥에는 사실 큰 위험이 따릅니다. 코끼리의 팀워크는 초원에서 으뜸인데다, 만일 긴 코에 얻어맞거나 송곳니에 찔리기라도 하면 목숨을 잃어버릴 수 있는 것입니다. 더구나 코끼리는 일단 화가 나면 무엇이든 끝장 내버리는 성격이어서 재빨리 치고 빠지는 작전을 구사해야 합니다.

사자는 코끼리 사냥으로 얻는 것이 많습니다. 무엇보다 무리의 단합을 도모할 수 있고, 제아무리 큰 무리라 하더라도 맘껏 배를 채울 수 있는 것입니다. 그 뿐만 아니라, 자신들의 잔인하고 포악한 본성을 만천하에 드러내 보임으로써 그 누구도 자신의 영역을 넘보지 못하도록 하는 것입니다.

이 모든 것은 수천 년 동안 진화에 진화를 거듭하며 얻은 사자의 생존 전략인 듯싶습니다.

- 사자가 다른 고양이과 맹수들과 구별되는 점들은 무엇일까요?
- 코끼리 사냥에서 사자들이 가장 유의하고 있는 점은 무엇인가요?
- 사자와 들소의 강점과 약점을 서로 비교해보세요.

# 사자 세계의 헌법

**50자 요약**

사자들은 오랫동안 진화를 거듭해오면서
종족과 영역 보전을 위한 규칙을 만들어왔는데,
그것은 인간 세계의 헌법과 다르지 않았다.

오랫동안 사자의 습성을 관찰한 결과 어떤 결론에 도달할 수 있었습니다. 그것은 바로 사자들의 규칙이었는데, 우리 인간 세계의 헌법과 다르지 않았습니다. 그들은 자신들의 영역과 근로의 의무는 물론, 행복과 안전보장에 이르기까지 세부적인 조항을 만들어둔 것처럼 보였습니다. 더욱 놀라운 것은 우리 인간에 대한 조항이 있었다는 점입니다.

1조(국가의 구성과 영토): 우리는 대가족을 원칙으로 하고, 우리의 영토는 먹이사냥의 영역과 일치한다.

2조(근로의 의무): 사냥할 때는 새끼를 제외한 팀원 모두 각자 맡은 역할을 완수한다. 수색조는 먹이의 위치 파악에 최선을 다하고, 공격조는 목숨을 아끼지 않고 사냥감을 잡는데 주력한다.

3조(행복 추구): 휴식이나 취침시간은 각자 알아서 한다. 단, 하루 4시간은 깨어 있어야 하고, 사냥은 그 시간 내에만 이루어지도록 하여 개인의 행복 추구권을 보장한다.

4조(유아 복지): 새끼들은 공동 관리하는 것을 원칙으로 한다. 먹잇감이 생겼을 때는 새끼들이 배불리 먹을 수 있도록 우선 배려한다. 자기 새끼만을 편애(偏愛)해서도 안 된다.

5조(국민의 안전보장): 사냥할 때 개인의 안전을 도모하는 것은 각자의 몫이다. 상대방이 기세등등하거나 특히 복수심에 불타 있을 경우 공격을 자제하여 사상자를 줄인다.

6조(종족의 보전): 수컷대장은 열외(列外)다. 단, 본인이 원할 경우 모든 작전에 가담할 수 있다. 수컷은 우리 종족 보전에 중요한 존재라는 사실을 잊지 않는다.

**부칙**

1. 인간은 우리보다 뛰어난 전략을 갖고 있고 개체수가 많을 뿐 아니라, 복수심이 강하기 때문에 해치지 않는 것을 원칙으로 삼는다.

2. 먹이사냥 중 부상을 당한 사자의 경우에만 인간 포획을 예외적으로 허용한다. 단, 인간사냥에 나서는 사자는 무리에 합류하지 못한다.


사자들이 정해놓은 헌법 가운데 부칙에 눈길이 쏠렸습니다. 부칙을 보면 사자가 인간에 대해 꽤 많은 것을 연구해두었음을 알 수 있습니다. 무엇보다 그들은 인간을 해치지 않는 것을 원칙으로 삼고 있습니다. 앞발로 한 번만 툭 때려도 쓰러져버릴 인간인데, 왜 사자들은 인간에 대해 관용을 베풀고 있는 것일까요?

사자들은 인간이 총을 보유하고 있다는 사실을 잘 알고 있었습니다. 총에 맞은 동료가 비명 한 번 지르지 못하고 고꾸라졌던 일을 잘 기억하고 있습니다. 물론 인간이 모두 총을 보유하고 있는 것은 아니지만, 인간의 잔인한 속성으로 미루어볼 때 전면적인 보복공격도 가능하다고 판단하는 듯합니다. 인간들의 전면공격은 곧 자신들의 멸종을 의미한다는 것도 잘 알고 있었습니다.

부칙 2항은 사자들이 가장 신중하게 만든 조항입니다. 그 조항을 만들면서 사자들 간에 무수한 격론이 벌어졌을 것입니다. 무엇보다 '인간'은 너무나 민감한 사안인데다, 그 부칙 조항으로 말미암아 자칫 인간에게 선제공격 또는 전면공격의 빌미를 줄 수 있기 때문입니다.

사자들은 들소나 코끼리 사냥에 참가했다가 부상을 당한 동료들의 기본 생존권에 대해 고민해왔습니다. 그 젊은 사자들은 한때 모두 전사(戰士)였지만, 사냥 참가자 우선주의 원칙에 따라 먹잇감 분배가 되지 않아 굶주리며 살아갑니다. 따라서 작전 중 송곳니가 부러진 사자들의 미래는 암울합니다. 송곳니 없는 사자는 죽은 목숨이나 다름없기 때문입니다.

아프리카에서 사자의 공격으로 죽은 사람들은 그 숫자를 헤아리기 어렵습니다. 학자들이 연구에 착수했습니다. 사자가 왜 인간을 공격하는지 말입니다. 학자들은 사자들이 일반 가정집까지 덮쳐 인간을 무차별적으로 공격했다는 점에 경악했습니다. 사자들은 인간이 어디에 숨어 있고, 어떻게 피신하는지도 정확히 알고 있었습니다. 인간의 냄새를 따라 강을 건너기도 했습니다. 그들은 대단한 정보력을 바탕으로 인간사냥에 나섰던 것입니다.

50여 건의 인간 공격 사례를 분석한 연구팀은 놀라운 결론에 도달했습니다. 인간을 노린 사자들은 하나같이 송곳니가 부러져 있었던 것입니다. 송곳니 없는 사자는 들소나 코끼리 같은 야생동물 사냥이 거의 불가능합니다. 따라서 사냥할 때 팀워크를 중시하는 사자가 송곳니 없는 동료를 받아줄 리가 없습니다. 그들은 결국 무리에서 쫓겨나버리는 것입니다.

송곳니를 잃어버린 사자에게 인간은 생존의 마지막 돌파구였습니다. 인간은 초원에서 가장 느린 동물인데다, 날카로운 뿔 하나 갖고 있지 않은 나약한 존재인 것입니다. 사자들이 헌법의 부칙에서 인간 사냥의 예외를 허용한 것은 순전히 부상자를 위한 배려인 셈입니다. 대신 그런 사자들은 어떤 무리에서도 받아주지 않았습니다.

사자는 오랜 세월을 거치며 만들어놓은 법에 따라 살아가고 있습니다. 그들은 자신들의 법을 절대 어기지 않으려고 노력하고 있습니다. 인간보다 지능은 떨어져도, 사자들은 그 어떤 동물보다 지혜가 뛰어나고 자신의 종족을 번성하게 만들었습니다. 그 바탕에는 원칙을 중시하는 그들의 습성이 깔려 있었던 것입니다.

- 사자의 집단생활에는 어떤 장단점이 있을까요?

- 아프리카 사람들은 평상시 사자의 공격에 어떻게 대비하고 있을까요?

- 인간세계의 헌법과 일치하는 사자 세계의 규칙으로, 어떤 것이 더 있는지 이야기해보세요.

# 주말농장에서 배운 지혜

**50자 요약**

아버지와 1년 동안 주말농장을 하면서
농부들이 지혜롭고 부지런해야 하는 이유를 알았고,
이웃에 대한 배려를 잊지 말아야 한다는 것도 배웠다.

작년 봄 어느 토요일, 한 주말농장에 많은 가족이 몰려들었습니다. 밭을 분양받고 처음 나온 날이어서 모두들 기분이 들떠 있었습니다. 어느 집은 이름을 적은 팻말을 박고 있었고, 어느 집은 파종을 하느라 바빴습니다. 거름을 뿌려주는 집도 있었고, 밭 사이에 경계용 고랑을 파는 가족도 눈에 띄었습니다.

나도 칠순의 아버지와 밭을 고르며 파종(播種) 준비를 하고 있었습니다. 먼저 토란을 꺼냈습니다. 아버지께서는 밭 가장자리에 토란을 심자고 하셨습니다. 토란은 수

분을 좋아하기 때문에 물이 흐르는 고랑 옆이 적당할 뿐 아니라, 잎이 커서 다른 채소 옆에 심으면 안 되는 이유도 있었습니다.

토란 옆에 감자를 심었습니다. 감자는 초여름이면 수확이 가능한 작물입니다. 상추는 감자 옆에 심었습니다. 상추는 공간을 많이 차지하지 않고 이랑도 만들 필요가 없었습니다. 그 옆에는 토마토와 가지, 고추와 피망을 나란히 심었습니다. 우리는 5월부터 상추를 뜯어먹고 6월말에 감자를 캐고, 7월부터 토마토와 가지, 고추와 피망을 따먹을 수 있다는 기대에 부풀어 있었습니다.

"밭이웃을 잘 만나야 할 텐데."

묵묵히 파종을 하시던 아버지께서 문득 한마디 던지셨습니다. 이웃이라는 말은 낯익었지만, '밭이웃'이란 말은 처음이었습니다.

"아버지, 밭이웃이라니요?"

어떤 낱말풀이가 나올지 기대 되었습니다. 아버지는 평생 농사를 지으며 살아오셔서 뭔가 의미 있는 풀이말이 나올 것 같았습니다.

"농사꾼한테는 사람 사는 이웃보다 밭이웃 잘 만나야

한다는 얘기가 있지. 그건 나중에 저절로 알게 될 거다."


　5월이 되면서 상추를 뜯게 되었습니다. 상추는 매일 뜯어도 금방 자랐습니다. 신선한 무공해 상추를 먹는다는 것은 참으로 즐거운 일이었습니다. 상추를 뜯으러 가서는 밭에 김을 매주어야 했습니다. 날이 따뜻해지면서 잡초가 돋아나고 있었던 것입니다.

　"김매기는 잡초가 다 자란 다음에 하는 게 아니란다."

　그때까지 나는 다 자란 잡초를 뽑아주는 것이 김매기라고 생각했습니다. 아버지께서 풀이 성큼 자란 옆집 밭을 가리키셨습니다. 이미 한 달 가까이 돌보지 않은 밭이었습니다.

　"옆집을 보거라. 저렇게 잡초가 무성하면 김매기가 힘들어지지. 나중엔 채소인지, 잡초인지 구별이 안 되거든. 그렇게 되면 결국 농사를 포기하게 된단다. 풀이 막 돋아날 때 김매기 하라는 건 바로 그 때문이야."

　김매기는 풀을 뽑아주는 것이 아니라, 호미로 긁어주는 주는 것이었습니다. 새끼손톱만한 잡초를 긁어주는 일은 아주 간단했습니다. 30분도 안되어 우리 밭의 김매기를 모두 마칠 수 있었습니다.

토마토 곁가지를 솎아낼 때의 일이었습니다. 줄기에는 계속 곁순이 돋아났고, 미처 솎아내지 못한 곁순은 토마토가 열리는 원줄기와 구별이 안 될 정도로 빠르게 자랐습니다. 곁가지는 그저 양분만 빼앗아먹는 역할만 하고 있었습니다. 일주일에 두 번은 곁순을 따주어야겠다고 말했습니다. 아버지께서 허허 웃으시며 말씀하셨습니다.

"예전에 농사지을 때 나는 조석(朝夕)으로 곁순을 따주었단다."

"아니, 하루에 두 번씩이나요?"

"그렇게 자주 따주어도 계속 보이는 걸."

토마토 농사에서 곁순 따기는 정말 중요한 포인트였습니다. 농사는 아무나 짓는 것이 아니었습니다. 일주일에 한 번 오는 주말농장으로는 농사를 제대로 지을 수가 없는 일이었습니다.

아버지와 주말농장에 가기로 한 어느 날이었습니다.

뿌듯했습니다. 그 날은 피곤해서 좀 쉬고 싶었
버지께서 의미심장한 얘기를 꺼내셨습니다.

"오늘은 게으른 사람 놀기 좋은 날이로구나."

"아니, 그건 무슨 말씀이지요?"

"게으른 농사꾼은 이렇게 잔뜩 흐린 날을 기다린단다.
그렇잖아도 일 하기 싫은데 좋은 구실 생겼거든. 논밭에
나가봤자 비가 올 것이니, 가지 않는 거지. 그리고는 오
지도 않은 비 핑계로 모두 막걸리 마시러 가는 거란다."

"부지런한 사람은 반대이겠네요?"

"그렇지. 부지런한 농사꾼은 비가 쏟아지기 전에 호미
질 한 번이라도 더 해야 한다며 밭에 나가는 거란다. 그
래서 흐린 날 논밭에 나가는 사람 집 농사는 모두 잘 될
수밖에 없는 거야."

무엇에 한 방 얻어맞은 기분이었습니다. 아버지께서
꾀를 부리려던 내 마음을 읽고 계신 것 같았습니다. 몹시
부끄러워졌습니다.


어느덧 여름이 지나가고 있었습니다. 그 동안 감자를

모두 수확했고, 주말마다 토마토와 가지, 고추와 피망도 따먹었습니다. 봄철에 몰려들었던 가족들의 수가 눈에 띄게 줄어들었습니다. 백 가족이 넘게 참여한 주말농장은 이미 절반이나 농사를 포기해버렸습니다. 잡초는 여기저기 어른 허리만큼 자라고 있었습니다. 키 작은 야채는 아예 잡초 속에 파묻혀 보이지도 않았습니다. 이젠 잡초농장이란 표현이 더 어울릴 듯싶었습니다.

8월말 어느 날, 계획했던 대로 토란과 가지를 제외하고 모든 작물을 뽑아냈습니다. 우리는 김장배추 파종을 서둘렀습니다.

"이거 봐라. 우리는 밭이웃을 못 만났잖니?"

돌을 골라내시던 아버지께서 옆집 밭을 가리키며 혀를 차셨습니다. 옆집은 몇 번 상추를 뜯어가고는 5월 이후 한 번도 만나지 못했습니다. 그 동안 잡초는 허리까지 자랐고, 그 뿌리가 고랑을 타고 우리 밭을 덮치고 있었습니다.

아버지와 나는 배추 파종에 앞서 옆집의 잡초를 뽑아내야 했습니다. 파종을 마치고 농장 하우스에서 바비큐 파티를 하려던 계획은 일찌감치 수포로 돌아갔습니다. 배추 파종은 해질 무렵이 되어 끝낼 수 있었습니다.

우리는 이웃도 잘 만나야 하지만, 밭이웃도 잘 만나야 한다는 아버지의 말씀이 꼭 들어맞았던 것입니다. 농부에게는 부지런함은 물론, 지혜도 필요하다는 것을 깨달았습니다. 아버지께서는 평생 논과 밭을 일구시며 삶의 지혜를 배우셨고, 남을 위한 배려(配慮)가 왜 필요한지도 터득하셨던 것입니다. 나는 논밭에 그런 지혜가 있는 줄은 미처 몰랐습니다.

- 주말농장은 왜 생기게 되었고, 도시인들이 주말농장을 찾는 이유는 무엇일까요?

- 농사를 지을 때 지혜와 근면함이 필요한 이유는 무엇일까요?

- 우리 주변에 있는 배려의 사례를 찾아보고, 그것이 왜 필요한지 이야기해보세요.

# 아테네의 어느 민주주의 교훈

**50자 요약**

유학생들의 야유회 날짜를 정하는 과정에서
한 명의 소수를 위해 다수를 설득했던 신부님은
우리에게 진정한 민주주의가 무엇인지 일깨워주었다.

한 대학교수가 그리스 유학중 겪었던 일입니다.

어느 날 각 나라의 유학생들이 한자리에 모였습니다. 야유회를 가기 위해 회의를 하는 자리였습니다. 20명의 외국인 유학생들이 교실에 모였습니다. 사회는 이탈리아 출신의 신부님이 맡았습니다. 신부님은 야유회 날짜를 정하는 일부터 시작하자고 제안했습니다.

신부님은 각자 자신이 원하는 주말을 불러달라고 말했습니다. 가까이는 다음 주부터, 멀리는 한 달 뒤까지 제각각이었습니다. 저마다 큰 목소리로 자신의 입장을 전

달하려고 했습니다. 회의가 시작되자마자 난장판이 되는 것 같았습니다. 좌중에서 야유회가 어렵지 않겠느냐는 우려의 목소리가 들려왔습니다. 너도나도 쉽사리 양보할 것 같지 않았고, 어쩌면 날짜가 잡히지 않을 수도 있다는 불안감이 밀려들었습니다.

잠시 침묵이 흘렀습니다. 신부님이 말문을 열었습니다.

"날짜를 정하기가 쉽지 않군요. 그렇다면 내가 결론을 이끌어보겠습니다."

모두 신부님의 발언에 한껏 기대를 했지만, 야유회 날짜를 정하는 일은 어쩌면 하느님조차 하지 못할 것처럼 보였습니다. 유학생들은 너나 할 것 없이 개성이 강하고, 자기주장도 강했기 때문입니다.

신부님은 다음 주말이 안 되는 사람의 수를 셌습니다. 그리고 그 다음 주말이 불가능하다는 사람을 체크했습니다. 그런 식으로 따져보니 두 개의 주말로 압축되었습니다. 다음 주말이 안 되는 사람이 한 명, 그 다음 주가 불가능하다는 사람이 다섯이었습니다. 이제 결론은 난 것이나 다름없는 분위기였습니다. 어느새 다음 주말이 안 되는 한 명에게 시선이 쏠렸습니다.

신부님은 다섯 사람을 먼저 불러 대화를 나누었습니다. 한 명도 따로 불러내 얘기를 나누었습니다. 다음 주말이 안 된다는 학생과는 얘기가 길어졌습니다. 학생들 사이에서 빨리 결론을 짓자며 수군거리기 시작했습니다. 그 학생 하나만 양보하면 간단히 끝나버릴 일이 아니냐며 곱지 않은 시선을 보내기도 했습니다. 하긴 다섯 명보다 한 명에게 양보를 얻어내는 것이 훨씬 간단하고 쉬운 일이었습니다.

그 학생과 한참 얘기를 주고받던 신부님이 다시 다섯 명을 불러냈습니다. 중간 중간 학생들의 목소리가 높아지기도 하고, 신부님의 목소리가 커지기도 했습니다. 시간이 걸리자 모든 사람의 시선이 한 명에게 고정되었습니다. 그 학생이 양보해야 한다는 무언(無言)의 메시지를 보내고 있었습니다.

신부님이 드디어 교단에 올라섰습니다. 최종 날짜를 발표하는 순간이었습니다. 모두들 다음 주에 야유회를 갈 수 있지 않을까 기대가 컸습니다.

"야유회는 다 다음 주로 결정되었습니다."

모두들 서로 얼굴을 쳐다보았습니다. 순간 말문을 잇

지 못했습니다. 신부님은 놀랍게도 다섯 명에게 양보를 받아낸 것입니다. 한 명만 설득하면 될 것을 무려 다섯 사람에게 양보를 얻어냈던 것입니다.

신부님이 기쁜 표정을 지으며 한 마디 던졌습니다.

"여러분, 한 사람만 의견이 다르다고 해서 그에게 양보를 요구하는 것은 민주주의가 아닙니다. 아무리 소수라 하더라도 그에게 분명한 이유가 있다면 마땅히 귀를 기울여주어야 합니다. 그것이 진정한 민주주의 아닙니까?"

양측의 의견을 들어보니 한 사람은 다음 주만큼은 절대로 갈 수 없는 처지였습니다. 그 유학생이 다음 주에 잡아놓았던 약속을 포기하면 자칫 심각한 문제에 빠질 수 있었던 것입니다. 만일 다음 주로 야유회가 정해지면 그 학생은 꼼짝없이 불참할 수밖에 없었습니다. 신부님은 첫 야유회에 단 한 사람도 빠지지 않는 것을 목표로 삼고 있었습니다.

다섯 명도 각자 사정은 있었습니다. 그리 심각한 이유는 아니었습니다. 다섯 명은 신부에게 그 한 사람을 설득해달라고 요구하기도 했습니다. 한 사람만 양보하면 될 것을 공연히 다섯을 상대하고 있다고 불만을 쏟아내기도

했던 것입니다. 신부님은 별 문제가 없는 다섯 사람을 설
득하기로 마음먹었고, 결국 그 학생들이 완전히 손을 들
고 말았던 것입니다.

신부님의 설명이 끝나자 우레와 같은 박수가 터져 나
왔습니다. 민주주의 발상지에서 벌어진, 참다운 민주주
의 교훈이었습니다.

- 민주주의의 다수결(多數決)에는 어떤 문제가 있을까요?

- 야유회 날짜를 정하는 신부님의 방식에서 무엇을 배울 수 있을까요?

- 우리 주변에서 소수의 의견이 존중 받은 사례가 있나요? 소수의 의견
  은 어떻게 반영해주는 것이 좋을까요?

# 미래의 국가경쟁력

**50자 요약**

중국이 세계의 주도권을 노리고 있고,
미국과 유럽, 남미도 치열한 경쟁을 벌이는데
우리는 미래를 위해 어떤 경쟁력이 있는지 짚어본다.

우리는 바야흐로 세계화 시대에 살고 있습니다. 국내에는 이미 세계에서 내로라하는 기업들이 들어와 있고, 우리 기업도 세계 곳곳에 진출해 있습니다. 옛날처럼 우리나라에서만 장사를 하는 기업은 거의 찾아볼 수가 없습니다. 이제는 우리 고유의 김치나 고추장, 된장까지도 수출하고 있고, 사치품으로 분류되던 고급 외제차나 프랑스와 이탈리아 패션 제품도 물밀어 들어오고 있습니다.

지구촌이 일일생활권으로 묶이면서 국경도 허물어졌습니다. 과거 수십 년간 세계를 양분했던 민주주의와 공산주의의 이념 대립도 거의 사라졌습니다. 중국은 자본주의 시장경제를 받아들여 이미 급성장을 이룩했으며 세계 최대 경제대국으로 자리 잡아가고 있습니다.

중국의 성장은 경제에만 국한되지 않습니다. 중국은 이미 지난 10년 동안 세계 최강의 첨단 통신 인프라*를 구축했습니다. 중국은 이미 2003년 10월 미국과 러시아에 이어, 유인우주선 선저우호 발사와 귀환에 성공했고, 2007년 1월에는 850킬로미터 상공에 떠 있는 위성의 미사일 요격 실험에도 성공했습니다. 미국과 러시아가 경쟁하고 있던 미래의 우주전쟁, 스타워즈(Star Wars)에 합류한 것입니다.

유럽은 유럽연합을 결성하여 경제적 통일을 이룩했습니다. 그들은 유럽을 하나로 묶고 화폐마저 통합해서 앞으로 닥쳐올 미래의 변화와 경쟁에 대처하고 있는 것입니다.

우리나라는 지난 97년 IMF를 겪으며 혹독한 수업료를 지불했습니다. 거품경제가 사그라지면서 사회 곳곳에 변

---

* 앨빈 토플러(2006), 〈부의 미래〉, 청림출판

화의 바람이 몰아쳤습니다. 근로자의 평생 고용은 이제 누구도 보장해주지 못합니다. 기업은 정식 사원 대신 비정규직을 늘림으로써 지출을 줄이고 효율을 높이려 하고 있습니다. 탄탄대로를 걷던 기업이 순식간에 무너지고 다른 회사에 합병되는 일도 찾아보기 어려운 일이 아닙니다. 기업은 생존을 위해 뼈를 깎는 구조조정이 불가피하게 되었고, 연구개발과 관련 정보수집에 막대한 투자가 불가피해졌습니다.

몇 년 전 미국 참사관의 초대로 크리스마스 파티에 참석한 적이 있습니다. 파티에는 국내 기업인과 정부관계자, 언론인 등 다양한 분야의 사람이 포함되어 있었습니다. 언론인으로 참석한 나는 미국 정부관계자들을 자세히 살펴보았습니다. 파티가 무르익자 미국인들은 자연스럽게 대화의 파트너를 바꿔가며 우리 정부의 입장이나 시장 동향 등을 속속들이 파악하고 있었습니다. 그들은 정보가 곧 미래를 위한 생존이며 경쟁력이라는 사실을 잘 알고 있었던 것입니다.

각국의 한국 공략도 더욱 거세지고 있습니다. 미국은

한국의 쇠고기 시장을 공략하기 위해 한우 종자(種子)도 연구하고 있습니다. 미국 낙농업자들은 우리의 까다로운 입맛을 만족시키려고 온갖 수단을 동원하고 있으며, 미 정부에서는 한국에 대한 쇠고기 시장의 빗장을 풀기 위해 끊임없이 압력을 가하고 있습니다.

미국만 공세를 취하는 것이 아닙니다. 예컨대 칠레도 한-칠레 자유무역협정(FTA)이 체결되기 훨씬 전부터 한국에 대한 포도와 포도주 공략을 치밀하게 준비했습니다. 그들은 칠레가 한국의 반대 계절인 점을 적극 활용하고, 한국인의 입맛에 맞는 품종개량도 해왔습니다. 또한 우리나라 포도농가의 동향과 소비자의 기호 등에 대한 정보를 분석하고 대비함으로써 FTA가 체결되자마자 한국시장을 초토화시킬 수 있었던 것입니다.

이제는 시대가 바뀌었습니다. 정부가 기업을 지원하고 각종 주요 정보를 보호하는 시대가 되었습니다. 지난 40여 년 동안 북한 관련 정보 수집에만 매달리며 간첩을 잡아내던 국가정보원이 기업의 핵심기술이나 정보가 해외에 빠져나가는 것을 막아내는 데 공을 세우고 있습니다. 정보 유출을 막는 것 자체가 국익을 보호하는 것과 다르지 않은 것입니다. 대통령이 형식적인 외국방문을 하던 시대도 지나갔습니다. 대통령은 석 달에 한 번씩 해외순방 일정을 잡고, 외교관계 증진은 물론, 국가의 경제적 이익을 위해 전력투구하고 있는 것이 현실입니다.

국내에 진출해 있는 기업의 외국인 임원과 미팅 날짜를 잡을 때의 일이었습니다. 그 임원의 비서에게 전화가 걸려 왔습니다. 그녀는 내게 어느 호텔의 미팅 룸이 더 좋은지 물어보았습니다.

"편안하고 아늑한 호텔을 잡을까요, 아니면 좀 더 모던한 느낌의 호텔을 잡을까요?"

어디든 상관없다고 하니까, 비서는 외국인 임원과 상의한 뒤 서울의 오래된 유명 호텔 비즈니스 센터를 잡겠노라고 연락해왔습니다. 나는 국내의 어떤 기업도 그처럼 비즈니스 파트너를 배려해주는 것을 본 적이 없습니다. 우리는 상대방이 아쉬운 비즈니스에서는 무조건 고압적인 자세로 일관하는 것이 상례입니다. 그에 비해 외국 기업들은 비즈니스 파트너라면 그가 누구이든 존중해주고 그들의 의견과 아이디어를 청취하고 있는 것입니다.

21세기는 무한경쟁 시대입니다. 국가도 변해야 하고 기업도 변해야 살아남을 수 있습니다. 교육도 그에 걸맞게 변신해야 하고, 부모도 자녀의 변화무쌍한 미래를 대비해야 합니다. 그렇지 않고 지난 수십 년 동안 이어져 내려온 타성에 젖어 근시안적인 것에 집착한다면 국가의 미래도, 자녀의 미래도 장담하지 못하는 것입니다. 이젠 고정관념을 깨고, 세계가 어떻게 변하고 있는지, 자녀가 세상의 중심에 서게 될 미래의 세상은 어떻게 될 것인지 깊이 생각해봐야 합니다.

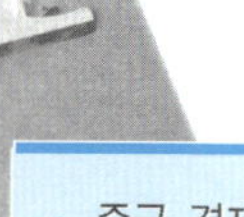

- 중국 경제가 짧은 기간 동안 급성장한 원동력은 무엇일까요?

- 우리나라의 IMF 외환위기가 가져다준 변화에는 어떤 것이 있을까요?

- 세계 경쟁에서 살아남으려면 우리는 어떤 노력을 기울여야 하는지 이야기해봅시다.

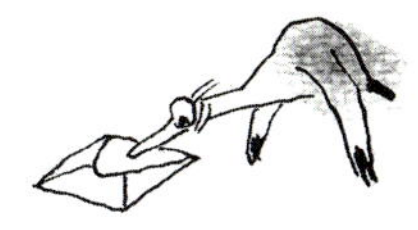

# 생각습관 – 세상을 바꾸는 힘

# 세상을 바꾼 습관

**50자 요약**

위대한 사람들의 작은 습관은
기업을 일으키고 위기에서 나라를 구했으며,
때로는 세상을 바꾸는 양분이 되기도 하였다.

이 세상을 바꾸어 놓은 사람들은 모두 독특한 습관의 소유자입니다. 우리가 눈여겨 볼 대목은 그들의 습관이 처음에는 보통 사람들의 그것과 별로 다르지 않았을 것이라는 점입니다. 시작은 누구나 비슷했어도, 그들의 종착역은 확실히 달랐습니다. 그들은 수십 년 세월이 흐르는 동안 자신들의 습관을 더욱 단단하게 다졌을 뿐 아니라, 분명한 목표를 향해 의지와 신념을 불태웠습니다.

고(故) 정주영 현대그룹 회장은 젊은 시절부터 새벽

3시면 어김없이 잠자리에서 일어났다고 합니다. 일찍 일어나는 그의 습관은 평생 동안 예외 없이 지속되었습니다. 정 회장은 매일 새벽에 일어나 하루의 사업을 구상하였고, 해가 뜨면 자신이 구상한 계획을 빨리 추진하고 싶어 했습니다.  어느 새벽 정 회장은 해가 늦게 떠오른다며 불평까지 했다는 일화도 있습니다.

정 회장의 부지런한 습관은 회사의 경영에 큰 영향을 끼쳤습니다. 회장의 이른 출근으로 모든 임원들도 덩달아 일찍 회사에 나오게 된 것입니다. 모두 경쟁사 임원들보다 더 많은 대화를 나누며, 더 치밀한 전략을 세울 수 있게 되었습니다. 정 회장의 습관은 결국 한국을 세계 최대 조선강국(造船强國)으로 올려놓았고, 세계 5대 자동차 대국의 디딤돌이 된 것입니다.

마이크로소프트사의 빌 게이츠 회장은 시간을 절약하는 습관으로 유명합니다. 빌 게이츠는 자전거를 타면서 신문을 읽을 정도로 시간을 아끼며 살아가고 있습니다. 그는 비서에게 메시지를 받는 시간이 아까워 직접 메일을 열어보고 답장을 해줄 정도로 시간을 절약합니다. 컴퓨터 업계의 경쟁자가 하루 24시간을 쓸 동안, 그는 하루를 48시간으로 늘여 쓰고 있는 것이었습니다. 빌 게이츠 회장은 결국 마이크로소프트사를 세계 최대의 기업으로 만들었고, 그의 아성(牙城)은 여전히 깨지지 않고 있습니다.

〈종의 기원〉을 쓴 찰스 다윈은 자신의 평생 연구업적이 습관 덕분이었다고 자서전*에 쓰고 있습니다. 다윈에게는 항상 무엇인가 관찰하고 실험해보지 않으면 견디지 못하는 독특한 습관이 있었습니다. 그런 습관은 어린 시절부터 시작되어 비글호를 타고 갈라파고스 제도를 탐사했던 중년을 거쳐 노년에 이르기까지 70평생 계속되었습니다. 그의 습관은 결국 진화론이라는 대업적의 영양분이 되었던 것입니다.

임진왜란 때 병력의 숫자나 장비면에서 왜군에게 상대가 되지 않았던 조선의 수군은 이순신 장군의 지휘로 무려 23전 23승이라는 불패(不敗) 기록*을 세우게 되었습니다. 이순신 장군이 그 열악한 환경을 극복하고 승리할 수 있었던 요인도 결국 그의 습관에서 비롯된 것입니다.

---

* 찰스 다윈(2003), 〈나의 삶은 서서히 진화해왔다〉, 갈라파고스
* 윤영수(2005), 〈불패의 리더 이순신, 그는 어떻게 이겼을까〉, 웅진 지식하우스

장군은 단 한 번도 패배하지 않고, 단 한 명의 부하도 죽지 않도록 하기 위해 더 치밀한 전략을 세웠습니다. 뿐만 아니라, 한 번 세운 전략은 그 누구의 명령에도 흔들리지 않았던 것입니다. 의지와 신념을 지키는 것은 그가 평생 지켜온 습관이었고, 위기에 빠진 나라를 구하는 원동력이 되었습니다.

한 개인의 습관은 세상을 바꾸는 힘이 되고 있습니다. 그 습관은 한 기업의 경영을 좌우하고, 구성원들에게도 적잖은 영향을 끼칩니다. 그것은 때로는 역사를 바꾸는 힘이 되기도 하고, 위기에 빠진 나라를 구하는 밑거름이 되기도 한 것입니다.

- 이순신 장군의 23전 23승 불패기록과 왜군의 실패한 전략을 비교해보세요.

- 빌 게이츠 회장의 시간 절약 습관에서 무엇을 배울 수 있을까요?

- 위대한 사람들의 습관에 대해 연구하여 발표해봅시다.

# 인생을 바꾼 습관

**50자 요약**

매일 산에 오르는 노인은 건강을 회복했고,
한 번 앉으면 놀라운 집중력을 보였던 친구는
미국에서 최고의 전문가로 자리 잡을 수 있었다.

올해 일흔이 넘은 한 노인은 산에 오를 때 꼭 쓰레기봉지를 가지고 다닙니다. 그 노인은 산을 오르내리면서 등산객이 버린 쓰레기를 주워 오는 것입니다. 정상에 올라가서는 평행봉으로 몸을 풀고는 곧바로 윗몸 일으키기를 시작합니다. 내려가는 길에는 약수터에 들러 페트병에 물을 담아 갑니다.

어느 화창한 주말, 그 어른과 벤치에 앉았을 때 질문을 했습니다.

"산에 자주 오시나 봐요?"

“매일 와요.”

“그럼, 건강하시겠어요.”

“덕분에 감기 한 번 안 걸렸다오.”

“어쩌다 산에 못 오실 땐 어떻게 하시죠?”

어떤 사정이 있어 등산을 못하는 날에는 무엇을 하며 지내실까 궁금해졌습니다.

“산에는 꼭 와요. 1년 365일 하루도 안 빠지고...”

“아니, 어떻게 단 한 번도 안 빠질 수 있어요?”

“한 번 예외가 생기면 등산은 한 순간에 무너져버린다오. 비가 온다고 산에 안가면 장마철엔 꼼짝없이 집에 들어앉아 있어야 하지요.”

어른은 매일 등산하는 습관을 들이는데 몇 년이 걸렸다고 합니다. 처음에는 1주일에 한 번만 산에 오르는 습관을 들였는데, 대신 몇 달 동안 예외를 두지 않았던 것입니다. 주말등산 습관이 잡히고 나서는 횟수를 일주일에 두 번으로 늘렸고, 역시 계속해서 습관을 들여 나갔다는 것입니다.

그 분이 등산 습관을 들인 이유는 건강 때문이었습니

다. 그는 10년 전에 고혈압으로 쓰러져 2년 동안 병원 신세를 졌습니다. 자신의 고생도 고생이었지만, 가족들의 고통이 너무나 안쓰러웠다는 것입니다. 자식들의 병수발도 결국 6개월밖에 가지 못했다고 합니다. 불편한 몸을 이끌고 병원생활을 하느라 몸은 반쪽이 되었던 것입니다. 그 분은 결심했습니다. 살아서 병원을 나간다면 다시는 의사를 만나지 않겠다고 말입니다. 결국 수 년 간의 등산으로 몸이 건강한 상태로 돌아온 것이었습니다.

"이 나이에 건강하기라도 해야지, 몸마저 성하지 않아 골골하면 누가 좋다고 하겠소?"

그 분은 내게 질문을 던지며 자신이 터득한 '습관론'을 펼쳤습니다.

"세 살 버릇이 여든까지 갈까요?"

"그럴 거예요."

"사실 그 속담은 나쁜 습관에만 해당되는 것 같소. 나쁜 습관이 들어버리면 영 끊기 힘들거든요. 그렇다면 좋은 습관은 어떨 것 같소? 좋은 습관은 여간해서는 여든까지 못 가요. 끊임없이 마음속으로 다짐하고, 행동으로 옮겨야만 가능한 거라오."

그 분은 등산 습관을 완전히 들인 다음에도 매일 다짐을 했다고 합니다. 몸이 아프다고, 눈이 내려 위험하다고 해서 산에 가지 않으면 그 즉시 '습관의 엔진'이 치명타를 입어버린다는 설명이었습니다. 단 한 번의 예외가 생기는 그 순간, 게으르고 나태한 욕구가 좋은 습관을 와락 덮쳐버린다는 얘기였습니다.

지금은 미국 뉴욕은행의 전산 책임자로 일하고 있는 내 친구는 고등학교 시절 독특한 습관을 보였습니다. 그 친구는 한 번 앉았다 하면 도통 자리를 뜰 줄 몰랐습니다. 그것은 놀라운 인내력이었습니다.

대학 시절 그 친구가 일본어 책을 사들고 나타났습니다. 번역판이 마음에 들지 않아 직접 일본어를 배워야 하겠다는 것이었습니다. 친구에게 그 말을 들었을 때 나는 '일본어, 넌 이제 죽었다'라며 중얼거렸습니다. 그 친구는 하루 다섯 시간씩 일본어에 매달렸습니다. 그 특유의 엉덩이 붙이기 습관을 발휘했던 것입니다. 일본어는 어느새 그의 수중에 들어가고 말았습니다.

친구는 대학을 졸업하자마자 국내 최고의 대기업 연구

소에 취직을 했는데, 나중에 알고 보니 연구소 동료들에게  일본어 특강을 해주고 있었습니다. 일본어 전공자들까지 제치며 그룹 안에서 최고의 일본어통 자리를 꿰차버렸던 것입니다.

잭 D. 핫지는 미국의 유명한 컨설턴트입니다. 그는 인간의 습관에 대해 많은 연구를 한 사람입니다. 그의 저서 〈습관의 힘〉*을 보면 습관이 얼마나 대단한지 실감할 수 있습니다. 핫지는 선생님과 아이들의 대화를 통해 습관의 힘이 어떠한지 보여주고 있습니다.

어느 날 선생님이 학생들과 숲 속을 걷고 있었다. 선생님은 걸음을 멈추고 4종류의 나무를 가리켰다. 선생님은 아이들에게 새싹이 돋아나는 나무를 뽑아보라고 했다. 그것은 손가락만으로도 쑥 뽑혔다. 그 다음 어린 나무를 뽑아보라고 시켰다. 조금 더 힘을 주자 뽑혀 나왔다. 어른 키 만한 세 번째 나무도 여러 학생이 힘을 모았더니

---

* 잭 D. 핫지(2004), 〈습관의 힘〉, 아이디북

뿌리째 뽑혔다. 선생님이 마지막 주문을 했다. "그렇다면 이제 저 참나무를 뽑아 보거라." 하지만 아이들은 아름드리 참나무에 다가서지도 않았다. 나무를 뽑을 엄두조차 내지 못했고, 그저 쳐다만 볼 뿐이었다. "이게 바로 습관의 힘이란다."

이 대목을 읽으면서 습관의 힘이 얼마나 무서운지 느끼게 됩니다. 나무의 새싹은 습관의 초기단계이고, 아름드리 참나무는 습관이 완전히 잡혔을 때를 비유한 것입니다. 습관은 아름드리 참나무가 되었을 때 엄청난 힘을 갖게 됩니다. 만일 나쁜 습관이 거대한 참나무처럼 자랐다면 어떻게 될까요? 그 나무를 뽑아내는 일은 결코 쉽지 않을 것입니다.

노인은 하루도 등산을 거르지 않은 습관 덕분에 건강을 유지하며 다시 인생을 즐길 수 있었습니다. 그 어른의 경우를 보면 습관은 '일정한 시간'과도 밀접한 관계가 있는 듯합니다. 무엇이든 들쭉날쭉 아무 때나 하는 것보다 시간을 정해놓고 행동으로 옮길 때 습관으로 정착(定

着)될 가능성이 높아진다는 사실입니다. 그가 매일 같은 시각에 산에 오르고, 평행봉을 하며 약수터에 들렀기 때문에 습관은 더욱 다져질 수밖에 없었던 것입니다.

고등학교 시절 엉덩이 붙이기 습관을 가졌던 친구는 일본어를 배울 때 그 누구보다 집중할 수 있었고, 그 습관 때문에 대기업에 들어간 뒤에도 일본어 전공자를 압도하는 능력을 발휘할 수 있었습니다. 결국 그는 미국 사회에서도 경쟁자들을 꺾고 당당히 최고의 전문가 자리를 차지할 수 있었습니다.

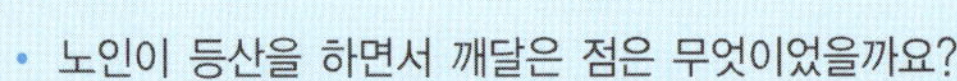

- 노인이 등산을 하면서 깨달은 점은 무엇이었을까요?

- 잭 D. 핫지가 쓴 〈습관의 힘〉에서 우리는 어떤 교훈을 얻을 수 있을까요?

- 좋은 습관과 나쁜 습관의 예를 들고 비교해 봅시다.

# 자녀가 귀담아 들어야 할 인생

**50자 요약**

사형장에서 극적으로 살아난 도스토예프스키와
IMF 위기를 에스보드로 탈출했던 강신기 씨를 통해
누구에게나 험난한 인생이 닥칠 수 있다는 것을 알았다.

*1848년 러시아의 작가 도스토예프스키는 혁명조직에 가담했다는 죄명으로 여덟 달 동안 수감생활을 했습니다.* 어느 추운 날 그와 여러 명의 죄수들은 유배 정도의 판결을 받을 것이란 기대를 하며 기다리고 있었습니다. 하지만 그들은 광장으로 끌려갔습니다. 모두 총살형에 처한다는 것이었습니다. 그의 앞에서 세 명이 먼저 두건을 쓰고 처형당하려는 순간 차르 니콜라스 1세의 감형(減刑) 통지가 날아와 간신히 목숨을 건질 수 있었습니다.

　로버트 그린의 〈전쟁의 기술〉*에 나오는 대목입니다. 도스토예프스키는 총살형을 면하고 4년간의 시베리아 유형에 처해졌습니다. 그는 혹독한 추위와 배고픔을 겪을 때 항상 총살 직전의 순간을 기억했습니다. 시베리아 생활 중 글 쓰는 것이 금지되자, 그는 머릿속에 소설을 써내려갔습니다.

　그는 사형 직전의 절박한 순간을 겪은 뒤 단 1초도 인생을 헛되이 살지 않기로 마음먹었습니다. 그는 죽는 날까지 미치도록 글을 썼고, 〈죄와 벌〉, 〈카라마조프의 형제들〉 같은 역작을 낼 수 있었습니다.

　세상을 살다보면 도스토예프스키처럼 절박한 순간을 맞이할 수도 있는 것입니다. 그는 인간으로서 참아내기 힘든 시베리아 유형의 고통을 견뎌냈으며, 사형 직전의 순간을 죽을 때까지 교훈 삼는 것도 잊지 않았습니다.


　2004년 5월 미국 피츠버그 발명품 전시장에서 한국인 강신기 씨가 연신 눈물을 닦고 있었습니다. 그의 에스보

---

드가 대상을 차지하며 바이어들이 몰려들었기 때문입니다. 그는 하루아침에 엄청난 부를 거머쥐게 되었습니다.

놀랍게도 그는 1998년에는 노숙자 신세였습니다. 외환위기를 맞아 사업에 실패하면서 한순간에 알거지가 되었습니다. 가족도 뿔뿔이 흩어졌습니다. 강신기 씨는 매일 서울역 지하도에서 담요 한 장 없이 신문지 한 장 달랑 덮고 잠을 자야만 했습니다. 추위와 배고픔의 고통보다 가족과 헤어진 아픔은 더 견딜 수가 없었습니다.

그는 매일 인생 역전(逆轉)을 위한 아이디어를 찾아 헤맸고, 결국 킥보드를 응용한 에스보드를 개발할 수 있었습니다. 에스보드는 그 어떤 킥보드보다 재미있고 다이내믹해서, 스포츠를 즐기는 미국과 유럽 소비자들이 열광했던 것입니다. 강신기 씨가 IMF의 역경을 딛고 오뚝이처럼 일어설 수 있었던 것은 바로 강한 인내심과 의지력 때문이었습니다.


사실 인생의 본격적인 시작은 대학을 졸업하고 사회에 진출한 뒤부터입니다. 일반 직장에 취직을 해서 평생 살아간다 해도 수없이 많은 난관에 부딪히게 됩니다. 한 가지 문제가 해결되면 거짓말처럼 또 다른 문제가 기다리는 일이 허다합니다.

얼마 전 대기업 계열사에 입사한 자식이 지방으로 발령이 나자 그의 엄마가 인사담당자를 찾아간 사건이 있었습니다. 엄마는 지방발령 취소를 부탁했습니다. 부모가 자식의 학업문제를 거쳐, 드디어 취업문제까지 관여하고 나선 일이었습니다. 서양에서는 상상할 수조차 없는 일이었습니다. 결국 대학과 대학원까지 마치고 어렵게 입사한 자식은 회사를 그만두는 것으로 끝이 나고 말았습니다.

직접 사업을 하거나 가게를 운영하는 일도 결코 만만치 않습니다. 그야말로 '가시밭길'입니다. 직장에서 일하는 것보다 몇 배나 힘들고 괴로운 일이 닥쳐올 수 있습니다. 어떤 일이든 스스로 결정하고 판단도 내려야 합니다. 어떤 결정을 내리느냐에 따라 결과는 크게 달라질 수 있는데, 그 짐은 고스란히 자신이 짊어져야 합니다. 그뿐만 아닙니다. 얼음 같이 차가운 냉정함이 필요한 경우가 적지 않고, 칼날 같은 판단을 내려야 할 때도 있습니다. 때로는 수치스럽고 모욕적인 일을 당할 때도 있고,

경영난에 빠져 절망과 좌절의 나날을 보낼 수도 있습니다. 이성을 잃어서도 안 되고, 감정을 앞세워서도 안 됩니다. 현실은 차갑고 냉엄하기 그지없는 것입니다.

아이들은 나이를 먹으면서 책임의식을 가져야 합니다. 스스로 책임질 수 있는 영역을 조금씩 넓혀가야 하는 것입니다. 어떤 일이든 책임을 졌을 때 비로소 큰 힘이 생기는 것입니다. 늘 책임을 회피하고 원인을 남에게 돌려버리면 험난한 인생에서 낙오자(落伍者)가 될 수밖에 없습니다. 헛되이 시간만 낭비할 수밖에 없는 것입니다.

매일 자신이 어떤 책임을 지며 살아가고 있는지 한 번쯤 돌아볼 필요가 있습니다.

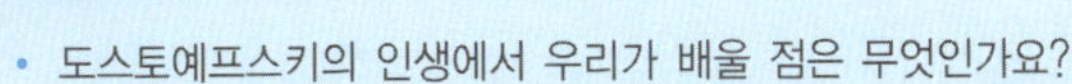

- 도스토예프스키의 인생에서 우리가 배울 점은 무엇인가요?

- 강신기 씨처럼 실패와 좌절을 딛고 일어난 사람의 사례를 찾아보고 이야기해보세요.

- 자영업자와 직장인은 어떤 차이가 있고, 각각 어떤 어려움을 겪게 되는지 이야기해보세요.

# 영어보다 중요한 세계

**50자 요약**

영어가 우리의 삶에서 중요한 것은 사실이지만,
세계무대에서는 창의력과 인성, 위기 대처능력 등이
더욱 절대적인 요소로 꼽히고 있다.

인재를 발굴하고 관리하는 분야에서 세계적인 이름을 날리고 있는 어느 컨설턴트가 우리에게 따끔한 충고를 한 적이 있습니다. 한국인이 영어 구사능력에만 지나치게 관심을 갖고 있다는 지적이었습니다. 대학생들은 너나 할 것 없이 토플이나 토익 책만 끼고 살아가고 있고, 중.고등학생뿐 아니라 초등학생 부모들 모두 영어에 목을 걸고 있는 모습이 안타깝다는 얘기였습니다. 그녀는 세계적인 기업체에 한국인이 적은 이유가 바로 우리의 영어 지상주의 때문이라고 꼬집었습니다.

세계적으로 내로라하는 기업의 각국 담당자들은 영어 실력이 그리 뛰어나지 않다고 합니다. 물론 그들이 영어를 못한다는 뜻은 결코 아닙니다. 그들의 주무기가 영어가 아니라는 점입니다. 그들은 모두 뛰어난 논리와 창의력, 훌륭한 인성으로 무장하고 있다는 것입니다.

우리는 어떨까요? 우리나라 사람들은 자신에게 주어진 일은 정말 충실하게 해내는 습성(習性)이 있습니다. 반면에 어떤 문제가 터지거나 새로운 아이디어가 필요한 경우 그것을 스스로 해결해내는 능력이 외국인보다 뒤떨어진다는 지적을 받고 있습니다.


몇 년 전 우리나라에 진출해 있는 어느 기업의 외국인에게 사원 선발에 대해 물어본 적이 있습니다.

"위기 대처능력을 중요하게 봐요. 기업이 언제나 잘 나갈 수는 없잖아요. 직원이라면 회사가 잘 되고 있을 때보다 위기가 닥쳤을 때 그것을 이겨낼 수 있는 아이디어가 있어야 하겠지요."

"혹시 영어를 잘하는 지원자에게 더 관심이 있나요?"

"물론 영어를 잘하면 좋겠지요. 하지만 우리가 관심 있게 보는 건 영어 실력이 아닙니다. 그 사람이 어떤 능력을 갖고 있는지, 도전정신과 신념이 강한지, 인성교육을 제대로 받았는지가 더 중요한 요소라고 봅니다. 영어는 서로 의사소통하는데 문제가 없으면 된다고 봐요.”

“혹시, 한국에서 일류대학으로 꼽는 대학의 졸업생을 좀 다르게 보나요?”

나는 구체적으로 한국의 명문 대학 몇 개를 꼽으며 질문했습니다. 놀라운 대답이 날아왔습니다.

“한국의 명문대학에는 별 관심이 없습니다. 오히려 지원자에게 창의력이 있는지 초점을 맞춥니다. 사원 채용도 거의 인터뷰로 결정합니다. 인사담당 한 사람만 하는 것이 아니라, 직급별로 여러 사람에게 면접을 치르게 합니다. 그러면 지원자가 어느 분야에 재능이 있고, 어떤 아이디어가 있는지 어느 정도 파악할 수 있거든요.”

외국인이 원하는 아이디어는 예컨대 하버드나 예일 등 이른바 아이비리그 대학의 토론 훈련에서 찾아볼 수 있습니다. 그들은 단 하나의 관점이나 시각으로 토론에 참여하는 것이 아니라, 상대방의 입장에서 문제나 사태를 파악하도록 교육시키고 있습니다. 북핵 관련 6자회담(六者會談)은 좋은 예가 될 수 있습니다.

토론을 벌일 때 자신의 국가뿐 아니라, 상대방 국가의 입장에서도 준비하도록 합니다. 상대방과 내가 모두 이길 수 있는 최선의 아이디어를 찾아내는 것입니다. 이것은 치밀한 연구와 아이디어가 없으면 결코 얻어낼 수 없는 것이고, 만일 이런 윈-윈(Win-Win) 전략을 짤 수만 있다면 어떤 조건에서도 회담을 유리하게 이끌어갈 수 있을 것입니다.

영어가 글로벌(global) 시대의 언어라는 점에는 이견이 없습니다. 영어는 외국 기업뿐 아니라, 국내 기업체에도 절대적이라는 점에 동의합니다. 하지만 영어 지상주의가 빚어내는 문제점은 결코 만만치 않습니다. '영어가 모든 것'이라든지, '영어만 잘하면 그만이다'는 식의 사고는 장차 세계무대를 꿈꾸는 우리의 젊은이들을 자칫 좁은 길로 인도할 수 있습니다.

영어는 어디까지나 의사소통의 수단입니다. 우리에게 더 필요한 것은 판에 박은 사고방식에서 벗어나는 융통성이고, 상대방의 입장에서 최선의 아이디어를 낼 수 있

는 창의력이며, 어떤 위기에서도 대책을 마련할 수 있는
지혜와 추진력일 것입니다. 더욱이 개인의 인성은 가장
기본적이면서도 중요한 요소 가운데 하나로, 세계적인
기업에서 예외 없이 눈여겨보는 덕목인 것입니다.

- 국내에 진출해 있는 외국 기업은 왜 영어 구사능력을 제일 중요한
  것으로 꼽지 않을까요?

- 한미 FTA 회담에 앞서 한국과 미국은 상대방의 어느 부분을
  집중적으로 연구했을까요?

- 우리 국민은 왜 영어 지상주의에 사로잡혀 있는 것일까요?

# 자녀의 미래

**50자 요약**

어느 은퇴한 분의 자식 이야기를 듣고 나서
자녀에게 10년, 20년 뒤 펼쳐질 가혹한 미래를 위해
독립심을 키워주는 일이 얼마나 중요한지 알았다.

최근 어느 은퇴한 분과 얘기를 나누면서 자식의 미래에 대해 다시 한 번 생각해보게 되었습니다.

그는 퇴직을 한 뒤 별다른 일을 하지 않고 있었습니다. 자식 얘기가 나왔을 때 그의 얼굴이 갑자기 시뻘겋게 달아오르는 것이었습니다.

"난 자식농사를 망쳤다오. 그것도 명문대까지 보내놓고 말이오. 허허, 참 내가 어리석었지."

그의 자식은 이른바 일류대학을 졸업했습니다. 그는 40대와 50대를 오로지 자식 하나를 위해 일했고, 아내

도 모든 뒷바라지를 마다하지 않았습니다.

자식은 대학시험 때까지 단 한 번도 고액과외를 쉬지 않았다고 합니다. 과외 덕분인지, 열심히 한 덕분인지 아들은 일류대학에 합격해주어 주위의 부러움을 사게 되었습니다.

"명문대에 진학하니까, 그땐 모든 게 다 이뤄진 것 같았어요. 문제는 그때부터 시작되었지요."

아들은 대학에 입학하고 나서 책에 손도 대지 않았습니다. 대학에 다니는지, 나이트클럽에 다니는지 알 수 없을 정도로 노는 것이 일이었습니다. 아들에게 지출되는 용돈도 천문학적으로 불어났습니다. 고액과외를 마치니까, 고액 용돈이 기다리고 있었던 셈입니다. 아버지는 장래를 위한 투자라며 그래도 꿋꿋이 참았습니다.

아들이 그럭저럭 대학을 졸업하게 되었습니다. 남들은 대학 4학년이면 취업이다, 대학원 진학이다 해서 정신없이 뛰어다니는데, 아들은 아무런 움직임도 보이지 않았습니다. 대학 졸업 후에도 이런저런 핑계를 대며 취업에 일체 관심을 보이지 않았습니다.

나이 서른이 넘도록 그의 자식은 지금까지 번듯한 경

제활동 한 번 해본 적이 없습니다. 그저 컴퓨터 게임 하느라 밤을 지새우고, 해가 중천(中天)에 떠 있을 때야 비로소 자리에서 일어난다는 것입니다. 아버지는 더 이상 야단칠 기력도 없고, 호통칠 생각조차 사라졌습니다.

그 아버지는 크게 후회하고 있었습니다. 대학 합격이 전부가 아니었고, 명문대 진학이 성공을 의미하는 것이 아니라는 것도 깨달았습니다.


새에 관한 다큐멘터리를 본 뒤 한동안 여운이 사라지지 않았습니다. 새는 어느 종류를 막론하고 알에서 깨어난 새끼에게 헌신적입니다. 어미새는 하루 종일 먹이사냥에 나섭니다. 자신이 잡아온 먹이를 새끼들에게 먹여주는 것밖에 모릅니다.

그러던 어느 날, 어미의 태도가 180도 바뀝니다. 새끼들이 날개를 퍼덕거리며 첫 비행 할 때 어미는 얼음장처럼 차가워집니다. 그저 건너편 나뭇가지에서 바라만 볼 뿐입니다. 새끼가 날지 못하고 머뭇거리면 몇 번 선회비행(旋回飛行) 하며 격려해주는 것이 고작입니다. 이윽고 새끼가 나뭇가지를 박차고 날아가면 어미의 임무는 그것으로 끝납니다. 어쩌다 새끼가 비행 도전에 실패하여 땅에 떨어진다 해도 그만입니다. 그런 어미의 본능을 알아차렸는지, 새끼들은 예외 없이 죽을힘을 다해 날갯짓을 합니다.

어미새가 자식의 성장을 위해 그토록 몸을 아끼지 않았던 이유는 무엇일까요? 바로 '자식의 독립(獨立)' 때문입니다. 날지 못하는 새는 죽은 목숨과 다르지 않습니다. 뱀이나 다른 맹금류에게 발각되면 살아남을 수 없기 때문에 어미새는 자식의 독립을 서두르는 것입니다. 새끼에게 스스로 날 수 있는 힘을 키워준 다음, 어미가 해줄 수 있는 것이란 선회비행의 시범밖에 없습니다. 새끼는 자신의 인생을 스스로 책임져야 하는 것입니다.


아마존이나 아프리카 여러 부족들은 여전히 원시생활을 하고 있습니다. 원시생활을 하는 부족에게는 하나의 공통점이 있습니다. 아이들에게 일찍 성년식(成年式)을 치르게 한다는 점입니다. 성인식을 할 때는 대개 어린아이 몸을 가시로 찌르는 등의 가혹한 고통을 안겨줍니다. 아이들은 비명을 지르면서도 어른이 된다는 자부심으로 입을 악다물며 참아냅니다.

원시생활을 하는 사람들도 어른이 되려면 무엇이 필요한지 분명히 알고 있는 것입니다. 책임감과 함께 어떠한 역경도 이겨낼 수 있는 인내심과 용기가 필요하다는 사실을 말입니다. 아이에게 참을 수 없는 고통을 안겨주는 이유는 아무나 어른이 되어서는 안 된다는 뜻이 담겨 있는 것입니다.

우리의 자녀들은 초등학교 때부터 이미 대학입시를 준비하고 있습니다. 중학교에 들어가서는 전투태세에 돌입한 병사처럼 자신이 결정할 수 있는 것이란 아무것도 없습니다. 명령에 따라 방아쇠를 당기는 일밖에 없는 셈입니다. 아이들은 오로지 좋은 점수를 따기 위해 늦은 밤까지 학원으로 내몰립니다. 아이들이 너무 많은 과제에 짓눌리다 보니 과외숙제를 학교 수업시간에 하는 일까지 생깁니다. 심지어 친구에게 숙제 '알바'를 시키는 아이들까지 생겼습니다.

자녀들은 지금 어떤 능력을 키우고 있는 것일까요? 그 변화가 어떠할지 아무도 예측 못하는 10년, 20년 뒤를 내다보며 무엇을 준비하고 있는 것일까요? 자식의 미래에 대한 우리 부모들의 예상은 모두 적중하게 될까요? 미래에도 의사나 변호사와 같은 직업이 유망할까요?

미래가 어떻게 바뀌게 될지는 아무도 모릅니다. 다만 과거 10년이나 20년 동안 변화되었던 것보다 몇 배 이상 더 가혹하리라는 점은 분명합니다. 그럼에도 우리의 자녀교육은 여전히 과거의 굴레에서 벗어나지 못하고 있습니다. 어미새나 원시부족처럼 어느 순간 냉정한 독립을 요구하지 않고 있습니다.

무엇이 현명한 교육인지 한 번쯤 돌이켜볼 필요가 있는 것입니다. 불투명하고 예측 불가능한 미래가 우리에게 너무나 가까이 다가오고 있기 때문입니다.

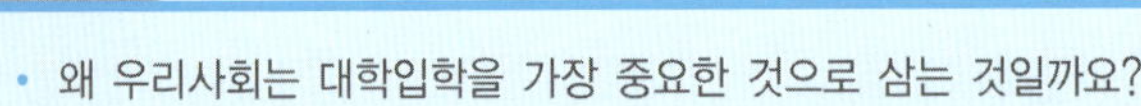

- 왜 우리사회는 대학입학을 가장 중요한 것으로 삼는 것일까요?

- 새끼의 첫 비행에 냉정한 태도를 보이는 어미 새에서 어떤 교훈을 얻게 되나요?

- 10년, 20년 뒤의 미래는 어떤 세상이 될 것이라고 생각합니까? 각 분야별로 생각을 정리해보세요.

# 구멍 뚫린 안전 시스템

**50자 요약**

우리 사회에서 인재에 의한 대형 참사를 예방하려면
각종 부정부패의 연결고리를 모두 끊어야 하고,
안전 시스템을 치밀하게 가동시켜야만 한다.

우리는 살아가면서 많은 불행을 지켜보게 됩니다. 여름이면 태풍과 홍수로 엄청난 피해를 겪습니다. 해마다 수십 명이 목숨을 잃고 수많은 사람이 삶의 터전을 잃어버립니다. 봄철에는 산불 피해가 끊이지 않습니다. 대형 산불은 마을을 덮쳐 잿더미로 만들어버립니다. 바닷가에 사는 사람들은 기습적인 해일(海溢)로 인명피해를 입기도 합니다. 그런 일이 일어나면 사람들은 그저 하늘만 원망할 뿐입니다. 사람의 힘으로 막을 수 없는 일이기 때문입니다. 우리는 그것을 자연재해(自然災害)라고 부릅니다.

사람의 잘못으로 일어나는 불행도 자주 닥쳐옵니다. 때로는 자연재해보다 더 많은 사상자를 내기도 합니다. 문제는 그런 사고가 단순한 실수에서 비롯되지 않는다는 점입니다. 대개 부정(不正)한 거래나 부실한 관리 때문에 일어나는 것입니다. 우리는 그것을 인재(人災)라고 부릅니다.

1994년 10월, 서울 한강 성수대교가 붕괴(崩壞)되었습니다. 다리가 무너지면서 사람들이 자동차와 함께 강에 빠져버렸습니다. 그 붕괴사고로 32명이나 되는 사람이 아까운 목숨을 잃고 말았습니다.

성수대교 붕괴로 우리 국민은 큰 충격에 휩싸였습니다. 어마어마한 돈을 들여 건설한 대형 다리도 순식간에 무너져버릴 수 있다는 사실에 경악했습니다. 우리나라의 다리가 붕괴되었는데 외국에서 더 난리였습니다. 그들은 해외에서 건설 사업을 하고 있는 한국을 집중적으로 흠집 내기 시작했습니다. 성수대교 붕괴로 한국의 건설 강국 이미지는 여지없이 훼손되고 말았습니다.

이듬해인 1995년, 우리나라는 사상 최악의 붕괴사고

로 다시 국제적인 망신을 당했습니다. 서울 삼풍백화점이 무너져 버린 것입니다. 그 사고로 무려 501명이나 죽고 6명이 실종되었으며, 937명이 부상을 입었습니다.

백화점 사고는 우리 사회의 부실한 안전 시스템을 그대로 보여주었습니다. 백화점은 붕괴 당시 준공한 지 고작 6년밖에 되지 않았습니다. 경찰 수사 결과, 백화점은 건물의 설계단계부터 시공(施工)과 유지관리에 이르기까지 부실 덩어리였습니다. 더욱 한심한 것은 사고가 발생하기 전에 이미 여러 차례 붕괴 징후가 있었다는 점입니다. 백화점 측은 사람들을 미리 대피시킬 수 있었지만, 영업 손해를 우려해서 그렇게 하지 않았던 것입니다. 있을 수 없는 일이었습니다.

4년 뒤 우리 국민은 끔찍한 사고로 또 한 번 치를 떨어야 했습니다. 1999년 6월 30일 새벽, 경기도 화성에 있는 놀이동산 '씨랜드'에 화재가 발생했습니다. 그 불로 숙소에서 잠자고 있던 유치원생 19명과 인솔교사 등 모두 23명이 목숨을 잃었습니다. 어린 아이들은 미처 꽃도 피워보지 못한 채 한 줌의 재로 사라져버렸던 것입니다.

2003년 2월, 대구지하철 방화사건이 터졌을 때 우리는 또 다시 충격에 빠졌습니다. 그 화재로 무려 192명이나 사망했던 것입니다. 사람들은 밀폐된 지하철역에서 대피하지 못한 채 연기에 질식해 죽고 말았습니다. 불에 잘 타는 객차 내부의 재질이 문제가 되었고, 지하의 유독가스와 연기를 밖으로 빼내지 못해 피해가 컸습니다.

우리나라에는 왜 이런 대형 사고가 끊이지 않을까요? 그것은 바로 우리 사회에 깊이 뿌리내린 부정부패 때문입니다. 다리나 건물을 지을 때 건설업체는 부실공사를 하고, 인허가(認許可)를 위해 부정한 거래를 하는 것입니다. 부실 공사를 했으니 문제가 생기는 것은 당연합니다. 시간이 지나고 관리마저 소홀하면 대형 사고는 피할 수가 없는 것입니다.

안전을 위한 사회적 시스템은 결코 단기적으로 이뤄지는 것이 아닙니다. 서구에서는 안전 시스템을 갖추기 위해 수십 년 동안 뼈를 깎는 노력을 해왔습니다. 우리 정부는 사고가 터질 때마다 긴급 구조 체계를 갖추고, 부실 공사와 관리감독 문제를 즉시 없애겠다며 큰소리칩니다. 과연 그것이 가능한 일일까요? 오랫동안 이어져온 나쁜 관행을 당장 없애기란 결코 쉬운 일이 아닙니다.

우리 사회의 안전 시스템이 제대로 가동되려면 처음부터 제대로 시작해야 합니다. 부실공사를 막으려면 애초에 부정한 거래를 없애야 하고, 관리와 감독도 제대로 해야 합니다. 이미 부실하게 지어진 건물이나 시설물에 대해서는 지속적인 점검과 관리를 해서 대형 사고를 예방해야 하는 것입니다.

인재로 인한 대형 참사는 막아야 합니다. 그것은 너무나 많은 사람에게 마음의 상처를 주고, 유가족에게는 평생 잊지 못할 잔인한 기억을 남겨주기 때문입니다.

- 태풍이나 지진, 해일 등 자연재해를 막기 위해 우리는 어떤 대책을 세우고 있을까요?

- 대형사고가 터질 때 정부는 왜 근본적인 문제해결보다 땜질처방에 급급한 것일까요?

- 우리 주변에는 어떤 사고위험이 도사리고 있을까요?

# 생각습관의 세계

**50자 요약**

글쓰기 능력은 사고력에 크게 좌우되는데,
생각습관이 들기 위해서는 다양한 분야에 대해
호기심과 관심의 문을 활짝 열어두어야 한다.

초등학생과 중학생들에게 돈으로 할 수 있는 것에는 무엇이 있느냐고 물어보았습니다. 음식을 사먹는다, 월급을 준다, 보험을 든다, 여행을 간다 등등 3분 만에 20개 가량의 답이 무더기로 쏟아져 나왔습니다. 쉬운 질문이었습니다. 이번에는 돈으로 할 수 없는 것에는 어떤 것이 있느냐고 질문해보았습니다. 생각을 많이 해봐야만 답을 낼 수 있는 문제였습니다. 괜찮은 답글이 나왔습니다. 놀랍게도 초등학생이었습니다.

월급을 주고, 보험을 들거나 여행을 가는 것은 돈으로 할 수 있지만, 행복과 성공은 돈으로 얻을 수 없다. 그것은 엄청난 노력으로만 얻을 수 있다. (초2. 유원상)

아래는 초등학생과 중학생들이 쓴 글 가운데 한 줄기씩 뽑아낸 것들입니다. 나이가 어리다고 해서 번뜩이는 아이디어가 없는 것이 아닙니다. 아이들은 어른들도 미처 생각하지 못하는 표현까지 하고 있습니다. 코믹하고, 대견스럽게 쓴 부분도 보입니다.

열 손가락에 힘을 주어 할머니 어깨를 꾹꾹 주물러드렸다. (초2. 왕시훈)/ 잔디밭에서 평화롭게 뛰어노는 꿈을 꾸겠지. (초2. 김민식)/ 아빠가 식당 명함을 가지고 나오셨다. 다음에 또 오시려나 보다. (초2. 신수아)/ 엄마 때문에 눈싸움도 못했다. 괜히 눈만 내렸을 뿐이다. (초3. 김영훈)/ 메뚜기가 너무 따가워서 발로 '콕' 찍어 죽여 버렸다. 이게 바로 '생명'이라는 거다. (초3. 심유리) 형이 아프다고 해서 기도했다. 저녁에 다 나았는지 날 괴롭혔다. 기도를 취소한다. (초4. 장지현)/ 엄마가 회사를 안가

셨으면 좋겠지만, 그게 어디 마음대로 할 수 있는 일인가.(초4. 현정훈)/ 코가 퉁퉁 부어 미칠 것만 같았다. 이 고통은 누구든 당해봐야 한다.(초4. 고준균)/한동안 아프고 나니까 뭔가 보이는 것 같다.(초4. 이동주)/ 아, 우리나라가 고비사막처럼 변할지 모를 일이다.(초5. 정예진)/ 얌전하던 내가 농구할 때 야수(野獸)처럼 변하는 것도 일종의 '이중인격자'인가요?/(중2. 어태경)/ 한 시간 예정이던 연설은 회장의 비명으로 취소되었고, 언론의 개떼들은 끝끝내 회장의 연설이 중지된 이유를 추적할 수 없었다.(중3. 권지우)


아이들의 상상력은 무한합니다. 아이들은 창의력도 뛰어납니다. 그렇다면 아이들의 상상력과 창의력을 어떻게 키워줄 수 있을까요? 생각습관을 들이면 절로 해결되는 것입니다.

생각이란 무엇인가요? '사고'(思考)입니다. 사고력은 곧 '생각의 힘'입니다. 생각할 줄 아는 능력이 있다면 여러 가지를 해결할 수 있습니다. 그 가운데 글쓰기와 말하기가 대표적입니다.

대학을 갈 때 필요한 논술도 따지고 보면 생각하는 힘, 즉 사고력에 좌우됩니다. 사고력이 있어야 논술에서 무엇을 원하는지, 즉 핵심 쟁점(爭點)을 파악할 수 있고, 자신의 주장과 근거를 제시할 수 있습니다. 논술은 주관식 서술형의 형식을 취하기 때문에 어떤 지식을 암기해서 단순히 나열하는 것으로는 해결되지 않습니다. 깊이 생각하는 훈련을 쌓지 않고서는 극복하기 어려운 것입니다. 사고력을 키우는 습관, 즉 생각습관을 들이는 일은 그런 점에서 매우 중요한 것입니다.

그렇다면 생각습관의 세계에는 어떻게 들어갈 수 있을까요? 호기심과 관찰력은 생각습관으로 통하는 중요한 길목입니다. 소설가든, 시인이든, 기자든 간에 글을 쓰는 사람들의 공통점은 모두 호기심이 많고 관찰력이 뛰어나다는 것입니다. 호기심은 의문을 낳습니다. 그 의문을 풀기 위해서는 끊임없이 생각이 필요합니다.

사람에 대해 관심을 기울이는 것도 생각습관에 큰 도움이 됩니다. 성공한 사람들은 대부분 과거에 험난한 인생을 살아왔습니다. 그들의 인생과정은 모두 생각창고에 주워 담을 만한 좋은 재료들입니다. 그 대표적인 사람으로 오프라 윈프리*를 꼽을 수 있습니다. 그녀는 '오프라 윈프리 쇼'로 성공해서 엄청난 부(富)를 거머쥐며 화려하게 살고 있지만, 그녀의 어린 시절은 비참했습니다. 찢어지게 가난하게 살았고, 성폭행까지 당했습니다. 그녀는 언제나 당당했고, 결코 좌절하지 않았습니다. 그녀는 가난을 벗어나려고 손에서 책을 놓지 않았으며, 성공하겠다는 의지를 불태웠습니다. 오프라 윈프리는 결국 흑인이라는 인종차별까지 뛰어넘으며 미국에서 가장 영향력 있는 여성으로 자리 잡은 것입니다.

〈해리 포터〉로 세계 최고의 베스트셀러 작가가 된 영국의 조앤 K. 롤링*도 불과 10년 전만 해도 어린 딸과 함께 끼니를 걱정하며 살았던 이혼녀였습니다. 그녀는 늘 상상에 빠졌고, 자신이 만든 이야기를 다른 사람들에서 들려주며 희망을 저버리지 않았습니다.

다큐멘터리 프로그램을 보는 일도 생각습관을 들이는 데 도움이 됩니다. 예컨대 야생동물의 세계에서 강자가 약자를 지배하고 잡아먹는 먹이사슬을 보면 생각의 문이

---

* 에바 일루즈(2006), 〈오프라 윈프리, 위대한 인생〉, SB
* 진 스미스(2001), 〈해리포터 성공 판타지〉, 문예당

활짝 열리게 됩니다. 인간한계를 뛰어넘는 탐험과 조난(遭難) 프로그램으로는 용기와 도전정신, 인내심을 배우게 되고, 항공기 사고 등 대형 참사 관련 프로그램으로는 수사과정과 분석, 추론(推論) 등을 통해 다양하고 입체적인 생각습관을 다질 수 있습니다. CSI와 같은 범죄수사 드라마 역시 생각습관에 큰 자극제가 될 수 있습니다.

# 학생들의 색다른 스트레스

**50자 요약**

어떤 문제점을 찾아 비판하는 글을 통해
자연스럽게 논리력을 크게 키울 수 있으며,
불합리하거나 부당한 점이 무엇인지 알 수 있다.

중학생에게 학교에서 겪는 문제에 대해 글을 써보라고 했더니, 어른들이 전혀 생각하지도 못한 것이 나왔습니다. 학생들이 평소 얼마나 큰 스트레스를 갖고 있는지 알 수 있는 글이었습니다. 나는 이왕이면 일간지의 독자 기고용으로 정리해보자고 제안했습니다.

우리는 학교에서 점심식사를 하고 보통 20~30분 정도 휴식을 취하게 되는데, 저학년들은 그때가 공포의 시간이다. 운동장에서 뛰어놀다 축구공에 맞기라도 하면

선배들은 사과는커녕 도리어 욕설을 퍼붓는다. 어느 때는 후배들을 때리기까지 한다. 몇 년 동안 영국에서 살았던 나는 상상조차 할 수 없는 일이다. 영국에서는 선후배를 떠나 잘못을 하거나 실수를 한 쪽에서 먼저 깍듯이 사과한다. 우리 학교에도 그런 문화가 하루 빨리 뿌리내렸으면 한다. *(중2. 어태경)*

우리 사회가 민주화되고, 군대에도 폭력이 사라지고 있는 마당에 학교에 폭력이 남아 있다니 참으로 충격적입니다. 혹시 학교 자체에 여전히 비민주적인 요소가 있고, 그런 학교의 분위기 속에서 선배들이 자연스럽게 폭력을 휘두르고 있는 것은 아닐까요? 분명한 것은 선배들이 학년의 차이를 군대의 상하관계처럼 인식하고 있다는 점입니다. 앞뒤를 재지 않고 일방적으로 폭력을 휘두르니 말입니다.

학교에는 자전거 보관대가 설치되어 있다. 우리 학교는 공간이 좁아 교문 앞에 자전거를 보관해두고 있는데, 도난사고가 끊이지 않는다. 아파트에서는 경비원들이 도난을 막아주고 있지만, 학교에서는 속수무책이다. 나는 얼마 전 중학교 입학 후 두 번째 도난을 당했다. 부모님께는 자전거 관리를 제대로 못했다고 꾸중을 들었고, 나는 자전거를 잃어버려 마음의 상처까지 입었다. 새 자전거를 사면 도난 가능성이 더 커지기 때문에 스트레스만 커질 뿐이다. (중2. 김세호)

이 학생의 글에서 우리 사회의 단면을 볼 수 있었습니다. 이 글을 읽으며 학생에게 자전거가 얼마나 중요한 것인지 새삼 느낄 수 있었습니다. 학생이 자전거를 잃어버렸다면, 그것은 어른이 차를 도난당했을 때와 비슷한 느낌이 들지 않을까 하는 생각이 들었습니다. 실제로 학생은 그 이상의 충격에 빠져 있었습니다.

어떤 문제점을 찾아내고 그것을 글로 옮기는 것을 통해 여러 소득을 얻을 수 있습니다. 무엇보다 글을 쓰면서 자연스럽게 논리를 익힐 수 있는 것입니다. 학교 폭력을 다시 생각해봅니다. 축구를 할 때 혹시 후배들이 고의적으로 방해하지는 않았는지 따져봅니다. 만일 고의성이 있다면 우발적으로 발생할 수도 있기 때문입니다.  선배의 경우를 따져봅시다. 선배에게는 폭행할 수 있는 정당한 권리가 있을까요? 그런 권리는 어디에도 없을 것이고, 설령 후배에게 훈계할 권리가 있다 해도 그 방법과 절차에 문제가 있는 것입니다.

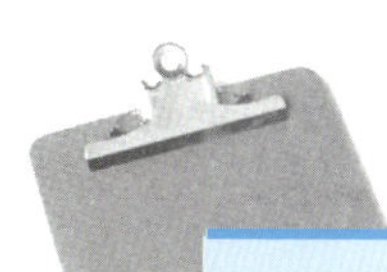

# 외국 특파원이 지켜낸 작은 약속

**50자 요약**

북한에서 곤욕을 치렀던 브린 씨와
취재중 이라크군에 잡혔던 체스먼 씨를 통해
약속의 중요성을 깨닫게 되었다.

90년 봄이었습니다. 통신사에 근무하던 친구에게 연락이 왔습니다. 주한 외신기자 한 명이 북한을 방문하는데, 특종 한 번 만들어볼 생각이 없느냐는 것이었습니다. 불현듯이 무엇인가 머리를 스쳐지나갔습니다.

머칠 뒤 〈워싱턴타임즈〉의 마이클 브린 특파원을 만났습니다. 그는 홍콩의 유명 사진기자와 함께 북경을 거쳐 평양에 들어갈 계획을 갖고 있었습니다. 당시 우리는 북한 입국은커녕 북한이라는 말조차 함부로 꺼내지 못하던 때였습니다.

브린 씨에게 북한의 자동차공장 취재를 요청했습니다. 북한에서는 '승리호'나 '갱생호'와 같은 자동차를 소량 생산하고 있었는데, 우리의 60년대 수준이라는 정도만 알려져 있었습니다. 북한의 산업전반에 대해 아는 것이 거의 없었기 때문에 현지 취재야말로 더할 나위 없는 특종 기회였습니다. 브린 씨도 마침 북한 산업에 관심을 갖고 있었습니다. 하지만 공장 취재는 장담할 수 있는 것이 아니었습니다.

열흘 쯤 지나 브린 씨가 서울에 도착했다는 연락이 왔습니다. 외신기자 클럽에서 만난 그는 묘한 미소를 지으며 입을 열었습니다.

"어떻게 하죠? 자동차 공장 취재를 못해서."

"뭐라고요?"

내심 난감했습니다. 월간지의 기사면을 북한 관련 특종기사를 위해 비워두었기 때문입니다. 내가 심각한 표정을 짓자, 브린 씨가 뭔가를 꺼냈습니다.

"미안해요. 대신 아마 더 놀랄 겁니다."

그의 가방에서 수백 장의 슬라이드 필름이 쏟아져 나왔습니다. 필름을 살펴보고는 감격의 눈물이 흐를 지경이었습니다. 공장 취재를 성사시키지 못한 대신, 브린 씨는 평양 시내를 샅샅이 훑었던 것입니다.

그들은 평양 거리의 온갖 자동차 사진을 찍어왔습니다. 승리호 자동차도 보였고, 갱생호도 찍었습니다. 북한에는 외제차도 많이 보였습니다. 독일 벤츠도 있었고, 영국 재규어도 눈에 띄었습니다. 모두 당간부들이 타고 다니는 차종이었습니다. 브린 씨와 사진기자는 수행원을 따돌려가며 '몰래카메라'를 시도했고, 온갖 구실을 붙여가며 평양을 이 잡듯이 돌아다녔습니다. 몇 번이나 수행원 제지를 당하고 협박을 당하는 등 곤욕을 치렀습니다.

월간지가 출간되기 직전 어디에선가 연락이 왔습니다. 북한 관련 기사와 사진을 싣지 않았으면 한다는 전화였습니다. 아마 정보기관에서 연락이 왔던 모양입니다. 편집국에 갑자기 긴장감이 감돌았습니다. 북한 기사는 함부로 취급하지 못하던 시기였기 때문입니다. 강행하자는 결론을 내렸습니다. 세상에 공개하지 못한다면 너무나 억울할 것 같았습니다. 브린 특파원도 격려의 전화를 해주었습니다.

월간지가 인쇄되어 나오는 날에 맞추어 일간지에도 사

진을 보내 싣게 했습니다. 북한에 대해 거의 모르던 독자들이 평양의 모습을 컬러 사진으로 생생하게 볼 수 있었습니다. 북한에 유럽의 고급차가 굴러다닌다는 사실도 사진을 통해 알게 되었습니다. 북한의 실상이 일부 세상에 드러나는 순간이었습니다.


1991년 초였습니다. 걸프전쟁이 격렬하던 그때 전선으로 떠나는 영국 〈데일리 텔레그래프〉지의 체스먼 특파원에게 현지 사진과 기사를 요청했습니다.

얼마 뒤 일이 터졌습니다. 체스먼 기자가 전선에서 취재를 하다 이라크군에 붙잡히고 말았던 것입니다. 이라크군은 체스먼 기자에게 스파이 혐의를 뒤집어씌운 뒤 감금했습니다. 그는 혹독한 시련을 겪었습니다. 이라크군은 잠도 재우지 않고 음식도 제대로 주지 않았습니다. 체스먼 기자는 살아서 돌아간다는 확신을 점차 잃어버리고 있었습니다. 매일 공포의 밤을 보내야 했습니다.

이라크군은 집중적인 심문을 마치고 난 뒤 체스먼 기자를 석방해주었습니다. 천만다행이었습니다. 체스먼 기자는 무려 열흘이나 잡혀 있었던 것입니다. 카메라와 필름, 취재수첩까지 모조리 빼앗기고 말았습니다.

그가 이라크군에 잡혔다는 소식을 듣고 나는 걸프전쟁 관련 기사를 다른 것으로 대체하려고 했습니다. 그때 체스먼 기자에게 전화가 왔습니다. 초췌한 모습으로 나타난 그는 내게 미안하다는 말을 꺼냈습니다. 나는 그가 이라크에서 살아 돌아온 것만으로도 감사하고 있었습니다. 내 취재청탁 때문에 고초를 겪은 것처럼 생각되어 죄책감도 들었습니다.

체스먼 기자가 내게 기사를 내밀었습니다. 그리고는 걸프전쟁에서 찍어온 슬라이드 필름 십여 장도 꺼내놓았습니다. 걸프전쟁의 긴박감을 생생하게 느낄 수 있는 사진이었습니다.

"아니, 카메라와 필름을 몽땅 빼앗겼다면서요?"

"그래도 약속인데, 어떻게 어길 수 있겠어요."

취재장비를 몽땅 빼앗겨버린 그가 어디서 그렇게 좋은 사진을 찍어왔는지 알 수 없었습니다. 하지만 그는 끝내 약속을 잊지 않았습니다. 밧줄에 묶여 열흘이나 감금되고 취재장비까지 몽땅 빼앗기고도 약속을 지켰습니다.

마감을 코앞에 두고 있었던 나는 걸프전쟁 관련 기사

를 포기하지 않을 수 있었습니다. 우리 같았으면 사지(死地)에서 살아온 것만으로 만족하며 돌아왔을 텐데, 그는 작은 매체와의 약속까지도 끝까지 지켰던 것입니다.

그들은 누구와의 약속이 더 중요한 것이 아니라, 약속이라면 모두 지켜야 한다고 생각하고 있었습니다.

- 당시 북한에서는 왜 외국기자의 시내 촬영을 막으려 했을까요?

- 체스먼 기자를 체포한 이라크군은 그를 어떻게 이용하려고 했을까요?

- 세계적인 신문 특파원들의 취재 자세에서 무엇을 배울 수 있을까요?

# 기내에서 받은 이색선물

**50자 요약**

기내 승무원에게 받은 깜짝 선물로
어떻게 상대방을 기쁘게 해줄 수 있는지 알았고,
항공사에 대한 인식도 크게 바뀌는 계기가 되었다.

아이들과 유럽에 갈 때의 일이었습니다. 비행기가 이륙한 뒤 곧 기내 서비스가 시작되었습니다. 나는 차를 마셨고, 아이들은 주스와 콜라를 달라고 했습니다. 시간이 약간 흐른 뒤 승무원에게 커피를 부탁했습니다. 내가 커피 주문하는 것을 본 작은 아이가 갑자기 호기심이 생긴 모양이었습니다.

"아빠, 물을 좀 마시고 싶은데 어떻게 해야 되지?"

아이는 승무원에게 직접 주문해보고 싶어 했습니다. 나는 정중한 표현부터 '워터, 플리즈' 같이 아주 간단한 표현까지 골고루 정리해주었습니다. 아이는 창밖을 보며 중얼중얼 거리기 시작했습니다.

그런데 스튜어디스가 계속 보이지 않았습니다. 아이는 좀 더 과감한 시도를 해야겠다고 결심한 듯했습니다. 기내 주방인 갤리(Galley)로 직접 찾아간 것입니다. 잠시 후 갤리 쪽에서 비명이 들려왔습니다. 아이가 헐레벌떡 뛰어왔습니다.

"무슨 일이야, 도대체?"

"아.. 아...아빠! 웬 거인 아줌마가 서 있어."

"뭐라고? 잘 얘기해봐."

영문을 몰라 아이에게 물어보고 있는데, 어느 틈에 스튜어디스 한 사람이 뒤따라왔습니다.

자초지종은 이러했습니다. 아이가 용감하게 갤리 커튼을 젖히려는 순간 마침 그곳에서 나오던 독일인 스튜어디스와 정면으로 부딪쳤습니다. 아이는 너무나 당황한 나머지 내게 달려왔던 것입니다.

앞뒤 사정을 듣고 난 승무원은 깔깔거리며 웃었습니다. 그녀는 아이에게 물과 한 움큼의 과자를 가져다주었

습니다. 아이들에게 여러 가지 모양의 자석 모형비행기
도 선물해주었습니다. 아이들의 기분은 이루 말할 수 없
이 좋아졌습니다. 아이들의 첫 국제선 비행기 탑승은 행
복한 추억으로 쌓이고 있었습니다.

나는 승무원에게 조그만 답례를 하기로 했습니다. 아
이의 흐뭇한 사연을 편지에 써서 항공사에 전해주기로
한 것입니다. 기내엽서는 항공사에 매우 중요한 자료로
쓰입니다. 서비스가 생명인 항공사는 평소 승객의 만족
도에 촉각을 곤두세우기 마련인데, 기내 승무원의 미담
(美談) 사례는  고객 유치 마케팅에 좋은 재료가 될 수도
있는 것입니다. 나는 엽서에 편지를 쓰기 시작했습니다.


*갤리에서 깜짝 놀란 아이*

우리 집 작은 아이가 갤리 커튼을 젖히는 순간 키 큰
독일인 승무원과 부딪쳐 깜짝 놀라는 해프닝이 벌어졌습
니다. 아마 그렇게 큰 외국 여성을 처음 본 것 같습니다.

하지만 곧 그 승무원이 아이를 찾아와 예쁜 선물도 주
고, 친절하게 대해주는 바람에 아이들의 생애 첫 국제선
비행은 기쁨으로 가득 찼습니다……

엽서를 전해주자 이번에는 기내 서비스를 책임지는 매니저가 찾아왔습니다. 감사의 뜻으로 아이들에게 기념이 될 만한 선물을 주고 싶다고 했습니다.

"아이들이 갖고 싶어 하는 게 있으면 말씀하세요."

"정 그렇다면, 아이들에게 항로도 한 장 줄 수 있나요?"

기내 끝 벽에는 컬러판 항로도가 붙어 있었습니다. 항로도에는 도쿄 나리타공항에서 러시아 우랄산맥을 거쳐 모스크바와 프랑크푸르트로 가는 노선 표시와 통과시각 등이 표시되어 있었습니다. 내가 그 항로도에 관심을 갖은 이유는 흥미로운 비행정보 때문이었습니다. 항로도에는 다음과 같은 사항들이 적혀 있었습니다.

| | |
|---|---|
| 비행시간: 11시간 40분 | 평균순항고도: 10,600m |
| 평균시속: 855km | 이륙중량: 370톤 |
| 이륙속도: 시속 330km | 착륙속도: 시속 270km |
| 이륙거리: 3,300m | 착륙거리: 2,100m |
| 연료소비량: 43,000갤런 | 착륙중량: 235톤 |

비행 정보 가운데 눈길을 끄는 것은 이륙중량과 착륙

중량의 차가 매우 크다는 점입니다. 그 이유는 연료량 때문이었습니다. 비행기는 도쿄에서 독일 프랑크푸르트까지 날아가면서 무려 4만3천 갤런, 약 19만5천 리터의 연료를 사용하게 됩니다. 그것은 유조차 9대분과 맞먹는 어마어마한 양입니다.

나는 그 항로도 정보를 아이들에게 보여주며 항공료는 왜 그리 비싼지 설명해줄 수 있었고, 비행기가 비상착륙을 할 때 왜 그 많은 연료를 하늘에서 쏟아버려야 하는지도 가르쳐 줄 수 있었습니다. 연료 배출(排出)은 착륙할 때 기체 폭발 등 대형화재를 예방할 뿐 아니라, 착륙시의 충격을 최소화하기 위한 방법인 것입니다.

370톤이나 되는 육중한 비행기가 시속 330km에서 이륙한다는 점도 아이들의 눈길을 끌었던 대목이었습니다. 시속 330km는 세계 최고로 꼽히는 포르쉐나 페라리와 같은 스포츠카로도 돌파하기 어려운 속도에 해당합니다. 이륙할 때는 활주로가 3.3킬로미터가 필요한데, 착륙할 때는 2.1킬로미터만 있으면 된다는 사실도 알려줄 수 있었습니다.

비행기가 고도를 잡고 평균 1만600미터 상공에서 날아가는 것도 재미있는 내용이었습니다. 비행기는 세계에서 가장 높은 에베레스트 산보다 높은 상공을 날아가고, 영하 50도가 넘는 강추위 속에서 비행하는 것이었습니다.

항로도 얘기를 꺼내자 매니저는 조금 곤란하다는 표정을 지었습니다. 나는 그녀에게 괜찮다고 말했습니다. 하긴 그런 정보가 일반 승객에게 전해지면 좋을 것이 없겠다는 생각이 들었습니다. 즉시 단념해버렸습니다.

어느 덧 비행기가 프랑크푸르트 공항에 다다르고 있었습니다. 시트 등받이를 세우고, 안전벨트를 다시 매려고 하는데 매니저가 또 찾아왔습니다. 손에는 웬 종이 한 장을 말아 쥐고 있었습니다.

"한 번 펴보세요."

A3 크기의 종이는 바로 'JL 407편'의 항로도였습니다. 뜻밖이었습니다. 아이들이 항로도를 받자 뛸 듯이 기뻐했습니다. 그녀는 보너스 선물을 하나 더 챙겨왔습니다.

"비즈니스 클래스에 있던 것도 가져왔어요."

매니저는 비행기 2층에 붙어 있던 비즈니스 클래스용 항로도까지 떼어왔던 것입니다. 그것은 미처 생각하지도 못했던 일이었습니다. 다른 승객들이 부러운 듯 바라보았습니다. 열두 시간이나 되는 장거리 비행의 피로감이 한순간에 사라져버렸습니다. 착륙할 때마다 느끼게 되는 일시적인 두려움도 그날에는 잊을 수 있었습니다. 비행기가 마치 구름 위에 사뿐히 내려앉는 듯했습니다.

# 메리 아줌마의 홈스테이

**50자 요약**

메리 아줌마의 홈스테이를 지켜보면서
한 미국인이 얼마나 빨리 낯선 상황에 적응하고,
우리와 얼마나 비슷한 생각을 하는지도 알게 되었다.

10여 년 전 한 미국인이 우리 집에서 석 달 동안 홈스테이(homestay)를 한 적이 있었습니다. 쉰 살이 훌쩍 넘은 그녀는 서울의 한 외국어학원에서 일하며 내게 비즈니스 자문을 해주고 있었습니다.

어느 날 메리가 아주 다급한 목소리로 전화했습니다.

"이번 주까지 방을 비워주어야 하는데 갑자기 어떻게 해야 할지 모르겠어요."

웬만해서는 자신의 어려운 처지를 털어놓지 않는 서양 사람 입에서 나온 말이어서 뭔가 아주 심각하다는 생각이 들었습니다. 사정을 들어보니 학원 측과 어떤 의견이 안 맞자, 홈스테이 하던 방을 즉시 빼달라고 요구해왔다는 것입니다. 터무니없는 일이었지만, 어쩔 수 없는 일이었습니다.

주말까지 방을 비워 주어야 한다면 이틀밖에 남지 않았습니다. 나로서도 뾰족한 방법이 떠오르지 않았습니다. 상대방이 워낙 매정하게 요구하던 터라 메리 아줌마도 더 이상 매달리고 싶지 않다고 했습니다. 이틀이면 길거리에 나앉을 판이었습니다. 그녀가 경제적으로 그리 여유 있는 편이 아니어서 대안을 찾아주기로 결심했습니다.

"내일 짐 싸들고 우리 집으로 오세요."

워낙 어려운 형편이었는지 그녀는 '땡 큐'를 연발하며 기뻐했습니다.

메리의 홈스테이를 결정해놓고 보니 마음에 걸리는 일이 한둘이 아니었습니다. 무엇보다 우리와 정서가 완전히 다른 외국인이라는 점이 마음에 걸렸습니다.

메리 아줌마가 짐을 싣고 오자마자 내게 물었습니다.

"한 달에 얼마를 드리면 되나요?"

"돈을 받겠다고 생각하지 않았습니다."

월세에 대한 내 생각을 얘기하니까 메리의 눈이 휘둥 그레졌습니다. 그녀는 그러면 안 된다고 강한 어조(語調)로 말했습니다. 내가 뜻을 굽히지 않자 메리가 대안을 제시했습니다.

"그럼, 일주일에 한 번 두 애들 영어를 가르쳐줄게요."

그 제안을 흔쾌히 받아들임으로써 모든 것이 일단락되었습니다.

나는 메리의 홈스테이를 겪으면서 한 미국인이 얼마나 빨리 낯선 생활에 적응하는지 생생하게 관찰할 수 있었습니다. 메리는 우리가 쓰던 침대를 사양하고 맨 바닥에 삼단 요를 깔고 잤습니다. 식빵이나 우유, 샐러드도 특별히 챙기지 말아달라고 우리 부부에게 당부했습니다.

메리는 아침과 저녁을 김치와 된장찌개 등 완전 한국식으로 먹게 되었습니다. 고추장찌개를 먹을 때면 매운 맛 때문에 간간이 이맛살을 찌푸리기도 했습니다. 그러면서도 그녀는 "원더풀"을 연발하며 너스레를 떨었습니다.

한 달쯤 지나니까 우리 집에 외국인이 살고 있다는 생각이 전혀 들지 않았습니다. 오히려 아파트에 사는 이웃들이 더 걱정해주는 눈치였습니다. 미국 아줌마는 잠을 잘 자느냐, 서양음식 챙겨주느라 얼마나 고생이 심하냐, 대화는 잘 통하느냐 등등 이웃들의 염려만 차곡차곡 쌓여 갔습니다.

매일 퇴근 후에 대화의 시간이 많아졌습니다. 미국에서 남편과 이혼한 뒤 한국에 온 이야기부터 1년 동안 우리나라에서 겪었던 여러 에피소드가 우리 대화의 주 메뉴였습니다.

메리는 문화적인 차이로 적잖은 충격을 겪기도 했다고 털어놓았고, 변호사로 일하는 큰딸의 결혼문제와 양로원에 가 있는 친정어머니 얘기를 꺼내면서 닭똥 같은 눈물을 쏟아내기도 했습니다. 우리 부부도 눈물을 닦아가며 얘기할 때가 점점 많아졌습니다. 우리는 서로 태어난 곳과 성장 배경만 달랐을 뿐, 한 인간으로 생각하고 걱정하고 기뻐하는 것이 어느 하나도 다르지 않았습니다.

아이들에 대한 영어 지도도 소홀히 하지 않았습니다. 나는 수업시간에 그렇게 열성적으로 영어를 가르치고, 정성과 사랑을 쏟아내는 사람을 그때 처음 보았습니다. 아이들은 메리 아줌마의 미국식 발음을 똑같이 흉내 내며 파닉스(Phonics) 공부 재미에 푹 빠져들었습니다.

대학에서 교육학을 전공한 메리는 교수법의 최고 경지를 보여주었습니다. 아이들이 뭔가 틀렸을 때는 면도날처럼 날카롭고 따끔한 지적을 해주다가도 어느 틈엔가 아이스크림보다 더 부드럽고 맛깔스런 칭찬을 동원해서 아이들의 사기를 한껏 높여주었습니다. 메리 아줌마가 수업하는 장면을 보면 마치 로빈 윌리엄스가 열연했던 '미세스 다웃파이어' 영화를 보는 느낌이었습니다.

내가 대학에서 배운 교수법은 한낱 낡아빠진 이론에 불과하다는 생각이 들었습니다. 우리 교육에서 교수법, 특히 외국어 교수법이 얼마나 엉터리인지 그때 절실히 깨달았던 것입니다.

석 달이 다 되었을 무렵 한 교회에서 연락이 왔습니다. 서울 어딘가에 숙소를 마련했다는 전화였습니다. 반가운 소식이었지만, 한편으로는 슬픈 기별이었습니다. 우리 식구와 메리는 이미 한 가족이 되어 있었습니다. 마치 몇 년 동안 함께 살았던 것처럼 정이 들어버렸습니다.

미국인은 자신들의 이익을 위해서는 피도 눈물도 없이 행동한다는 일부의 주장은 더 이상 받아들일 수 없게 되

었습니다. 그들도 우리와 하나도 다르지 않다는 결론에
도달했습니다.

메리 아줌마의 홈스테이는 우리 가족에게 영원히 잊을
수 없는 추억거리로 자리 잡았습니다.

- 메리의 홈스테이를 받아주지 않았다면 그녀는 어떻게 그 상황을 극복
  했을까요?

- 메리 아줌마가 낯선 음식과 생활방식에 금방 적응할 수 있었던
  원동력은 무엇이었을까요?

- 메리 아줌마는 어린 아이들에게 영어를 가르칠 때 무엇을 중요하게
  생각하고 있었을까요?

# 다시 '그린란드' 되는 그린란드

**50자 요약**

1천년 전 발견된 초록섬 그린란드가
지구온난화로 빙하에서 다시 '그린란드'가 되어
전 세계가 사태의 변화에 주목하고 있다.

어린 시절 세계지도를 볼 때마다 늘 궁금해 하던 것이 있었습니다. 바로 북대서양과 북극해에 걸쳐 있는 섬 그린란드(Greenland)였습니다. 섬의 크기는 세계 제일인데, 그 지역에 대한 어떠한 뉴스나 정보도 들어보지 못했기 때문입니다. 그 의문의 섬 그린란드가 요즘 뉴스의 화제로 떠오르고 있어 내 시선을 끌었습니다.

그린란드는 덴마크 땅입니다. 섬의 크기가 216만 6천 86km²로 한반도의 10배나 되지만, 인구는 고작 5만 명밖에 되지 않습니다. 사람들은 대개 순록을 치거나 어업에 종사하며 살아가고 있습니다.

약 1천 년 전 발견되었을 때만해도 그린란드는 이름 그 대로 초록색이었다고 합니다. 그 곳에 정착한 사람들은 푸른 초원에서 평화롭게 농사를 짓거나 순록을 키우면서 살았던 것입니다.

그 좋은 삶의 터전은 16세기경까지 지속되다가 서서히 '화이트란드'로 변하고 맙니다. 전문가들은 중세 이후 세계 기온이 급격히 낮아지면서 차가운 공기가 북반구를 뒤덮어버렸기 때문으로 분석하고 있습니다. 그린란드의 초록 평원은 서서히 순백(純白)의 눈과 빙하(氷河)로 덮여버리고 말았던 것입니다.

그린란드가 뉴스에 등장한 것은 기후 때문입니다. 지난 30년 동안 그린란드는 평균기온이 1.5도나 올랐습니다. 그 결과 곳곳에 빙하가 녹아내리면서 초지가 늘어났습니다. 농사를 지을 수 있는 경작지가 무려 4배 가까이 확대되었습니다. 날씨가 따뜻해지자 이번에는 농사 시기도 4월말로 앞당겨질 것이라는 예측도 나오고 있습니다. 몇 년 전까지만 해도 그린란드에서는 5월이 되어야 파종할 수 있었습니다.

눈과 얼음의 섬 그린란드에는 중세 이전의 초록섬으로 되돌아가는 듯한 뚜렷한 징후가 보이고 있습니다. 이제는 딸기나 사과농장이 들어서는 푸릇푸릇한 파라다이스로 변화되고 있습니다. 그뿐만이 아닙니다. 빙하가 녹아내리면서 곳곳에 섬이 드러나고 있어 지도의 수정도 불가피해지고 있는 것입니다.

지구환경 과학자들은 그린란드 빙하가 모두 녹아내리면 전세계 해수면이 무려 10미터 이상 상승할 것으로 내다보고 있습니다. 그렇게 되면 우리나라의 서남해안의 평야지대 대부분이 잠기게 될 것이라고 예측하고 있습니다. 남태평양과 인도양의 저지대 섬나라들은 치명타를 입을 것이라는 경고마저 나오고 있습니다.

지난 100년 동안 지구 표면온도는 평균 0.6C 상승했다고 합니다. 고작 0.6C 상승으로 우리는 지구온난화[*] 등의 기상이변으로 엄청난 고통을 겪고 있습니다. 지구는 이제 단 하루도 기상 이변의 피해를 겪지 않는 날이 없습니다.

---

* 야마모토 료이치(2006), 〈지구온난화 충격 리포트〉, Media Will

그린란드의 빙하가 한꺼번에 녹아내릴 가능성은 없겠지만, 그 변화 속도가 탄력을 받았다는 것은 분명한 사실입니다. 비슷한 환경인 남극에도 기온 상승에 따른 변화가 동시에 일어나는 것을 피할 수 없을 것입니다.

그린란드 변화는 결코 남의 일이 아닙니다. 그것은 바로 내일 우리가 짊어지고 겪어야 할지 모르는 재앙의 전주곡일지 모릅니다.

- 그린란드에 변화가 계속될 경우 그곳의 미래는 어떻게 달라질까요?

- 그린란드 빙하가 녹을 경우 전 세계에 어떤 영향이 미칠 것인지 이야기해봅시다.

- 지구온난화로 생기는 문제점으로 무엇을 꼽을 수 있나요?

# 무설탕 초등학교

**50자 요약**

미국의 한 초등학교에서 시작된 슈거 프리 운동은
패스트푸드와 단맛에 길들여진 아이들에게
엄청난 변화를 가져다주어 관심을 끌고 있다.

지난 2004년 미국 조지아주 브라운즈 밀 초등학교의 버틀러 교장은 엄청난 결단을 내립니다. '슈거 프리 학교'(Sugar Free), 즉 학교에서 설탕을 추방해버리겠다고 선언해버린 것입니다. 학교 안에서 설탕이 들어간 과자나 사탕, 심지어 학교 급식 메뉴에도 단 한 스푼의 설탕을 넣지 못하도록 결정한 것입니다.

버틀러 교장은 설탕의 해가 너무 크다는 것을 아이들과 학부모들에게 역설했습니다. 버틀러 씨는 아이들이 설탕을 과다하게 섭취함으로써 비만해지고 집중력이 떨어지는 것을 오랫동안 목격해왔습니다. 그녀 자신도 설탕의 피해자라는 점을 분명히 했습니다. 버틀러 씨는 서른아홉 살에 설탕 과다 섭취로 고혈압과 관절염, 심장병을 앓았던 적이 있었습니다.

육식과 패스트푸드가 주식인 미국에서 설탕을 없애는 일은 그리 간단한 일이 아니었습니다. 그것은 곧 음식을 먹지 말라는 뜻으로 해석될 수도 있었습니다. 아이들에게는 핵폭탄과 같은 조치였습니다. 예상대로 아이들은 매일 괴로워했습니다. 아이들은 단맛이 사라진 음식을 도저히 먹을 수가 없었습니다.

학부모들의 항의가 거셌습니다. 그럴수록 교장은 무설탕 프로그램을 더욱 강력하게 추진했습니다. 한편으로는 아이들과 부모들을 계속 설득했고, 한편으로는 끊임없이 달래주고 칭찬해주었습니다.

시간이 지나자 아이들이 변하기 시작했습니다. 놀랍게도 아이들의 성적이 모두 올랐습니다. 아이들의 집중력이 놀라울 정도로 달라진 것입니다. 아이들은 통밀빵과 우유, 야채와 과일 등 정제설탕이 일체 들어가지 않은 음식에 적응하게 되었습니다. 학교에서는 산책이나 조깅,

줄넘기와 볼링 등 아이들이 가볍게 할 수 운동 10가지를 선정해서 적극적으로 지도에 나섰습니다. 아이들은 무설탕 음식을 먹으며 즐거워하기 시작했습니다.

버틀러 교장의 무설탕 프로그램은 완전히 성공을 거두었습니다. 세계 최대 설탕 소비국에서 일어난 상상할 수 없는 사건이었습니다. ABC 방송에서 무설탕학교를 대대적으로 보도하고 나자, 각계에서 엄청난 반향을 일으켰습니다. 비만 문제로 골머리를 앓고 있는 교육부에서도 큰 관심을 갖고 지원을 아끼지 않았습니다.


하루 100g 이상의 설탕을 먹은 아이를 대상으로 조사해본 결과 면역세포가 무려 5시간 동안 작동하지 않았다는 연구 결과는 우리에게 충격을 주고 있습니다. 설탕은 많이 섭취했을 때 살만 찌게 되고 뇌대사에 심각한 장애를 일으킬 수 있다는 것은 이미 널리 알려진 학설입니다.

서구의 패스트푸드를 아무 여과 없이 받아들이는 우리도 설탕문제에서 벗어날 수 없습니다. 맞벌이 가정이 늘어나고 시간에 쫓기면서 아이들은 모두 설탕의 지배하에 들어가 버렸습니다.

‘슈거 블루스*’(Sugar Blues)의 저자 윌리엄 더프티
의 지적대로 설탕은 담배의 니코틴, 마약만큼이나 끊임
없이 죽음의 그림자를 드리우고 있지만, 그 심각성을 깨
닫는 사람은 많지 않습니다.

미국의 한 초등학교에서 시작된 설탕과의 전쟁. 서구
의 단맛 나는 음식에 쉽게 빠져버린 우리도 결코 지나쳐
버릴 일이 아닌 것입니다.

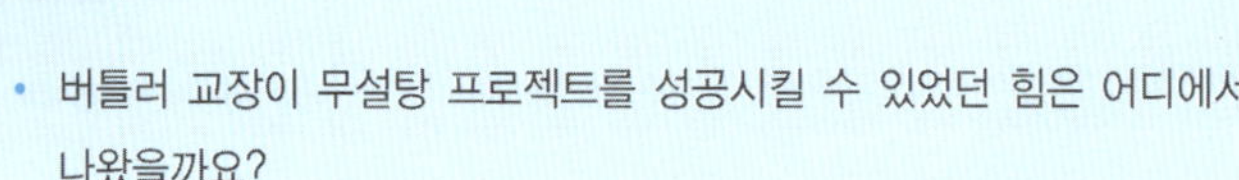

- 버틀러 교장이 무설탕 프로젝트를 성공시킬 수 있었던 힘은 어디에서
  나왔을까요?

- 설탕이 많이 들어가 있는 음식으로는 어떤 것이 있는지 찾아봅시다.

- 설탕의 유해성(有害性)이 마약과 비교될 정도라고 하는데도 사회문제로
  떠오르지 못한 이유가 무엇일까요?

---

* 윌리엄 더프티(2006), 〈슈거 블루스〉, 북라인

# 에티오피아 유학생의 어떤 자부심

**50자 요약**

에티오피아 유학생에게 들은 파병 이야기를 통해
그들이 얼마나 큰 자부심을 갖고 있고,
우리의 무관심은 얼마나 심각한지 새삼 깨달았다.

오래 전 독일에서 겪은 일입니다. 교실에는 인종의 전시장처럼 여러 나라 학생들이 있었습니다. 그 가운데 아프리카 출신의 한 여학생은 누구에게나 친절하고 깍듯해서 모두 좋아했습니다.

어느 날 식당에서 그녀와 자리를 마주하게 되었습니다. 내가 한국인이라고 밝히자, 그녀의 태도가 갑자기 뻣뻣해졌습니다. 평상시 자상하던 말투가 달라지고, 고압적인 태도로 바뀌었습니다. 그녀가 에티오피아를 아느냐고 물었습니다.

"네, 아프리카에 있잖아요."

에티오피아라는 말을 들었을 때 왜 가난한 나라가 떠올랐는지 알 수가 없었습니다.

"우리가 당신네 나라 전쟁에 참전(參戰)한 건 아시나요?"

설마 그 얘기가 나오리라고는 미처 생각하지 못했습니다. 나는 6.25 때 참전한 유엔 16개국을 모두 알고 있었습니다. 초등학교 때 선생님이 16개국의 머리글자를 따서 암기하도록 해주었기 때문입니다. 그 16개국 안에는 에티오피아가 들어 있었습니다. 그렇지만 그녀의 입에서 '참전' 이라는 말이 나올 줄은 전혀 뜻밖이었습니다.

그 여성은 에티오피아가 한국전쟁에 참전했다는 사실을 아주 자랑스럽게 여기고 있었습니다. 몇 명이 참전해서 몇 명이 죽고, 부상당했는지도 알고 있었습니다. 나는 망치로 한 방 얻어맞은 기분이었습니다.

그 뒤 서울 용산에 있는 전쟁기념관을 찾았습니다. 그곳에는 유엔 참전국의 파병 규모와 사상자 등이 적혀 있었습니다. 에티오피아 부대의 활약상도 자세히 알 수 있었습니다.

미국(전사 5만4천246명, 부상 10만3천284명), 영국(전사 729명, 부상 2천583명), 오스트레일리아(전사 304명, 부상 1천40명), 캐나다(전사 312명, 부상 1천212명), 네덜란드(전사 120명, 부상 645명), 프랑스(전사 262명, 부상 1천8명), 뉴질랜드(전사 23명, 부상 79명), 필리핀(전사 112명, 부상 229명), 남아프리카공화국(전사 34명), 터키(전사 741명, 부상 2천68명), 태국(전사 129명, 부상 1천139명), 그리스(전사 196명, 부상 543명), 벨기에(전사 101명, 부상 349명), 룩셈부르크(전사 2명, 부상 13명), 에티오피아(전사 121명, 부상 536명), 콜롬비아(전사 131명, 부상 448명)

6.25 때 아프리카에서는 에티오피아와 남아프리카공화국이 군대를 보내주었습니다. 그 가운데 에티오피아는 연인원 3천518명의 육군을 파병해서 121명이 전사하고, 536명이 부상을 입었습니다. 참전 규모도 작지 않았지만, 사상자 수도 결코 적지 않았습니다.

그 후에 남미 콜롬비아 유학생에게도 똑같은 질문을 해보았습니다. 그 학생도 콜롬비아의 파병 역사를 잘 알고 있었습니다. 그것을 아주 자랑스럽게 여긴다는 말도 잊지 않았습니다.

2002년 월드컵에서 우리나라는 터키와 4강에서 만났습니다. 우리 선수들은 경기가 끝난 뒤 터키 선수들과 뜨겁게 포옹했습니다. 그 감동스런 장면은 터키에 고스란히 방영되었고, 얼마 뒤 터키에서는 6.25 참전용사들이 태극기를 들고 나와 한국인 여행자들을 극진히 맞이해주었습니다. 그들은 자부심과 함께 형제애(兄弟愛)도 잊지 않고 있었습니다.

전쟁이 끝난 지 60년이 되어 갑니다. 참전국 가운데 몇몇 나라는 여전히 어렵게 살고 있습니다. 콜롬비아는 마약문제로 하루도 편한 날이 없고, 에티오피아는 지금도 가난과 굶주림에서 벗어나지 못하고 있습니다. 필리핀이나 태국, 터키 국민도 대부분 힘겨운 삶을 살아가고 있습니다.

우리는 경제도약을 이루고 국민의 삶이 크게 향상된 것에 비해 자부심은 보잘 것 없습니다. 국민적 자존심은 결코 눈에 보이는 경제지표에 의해 좌우되는 것이 아닙니다.

에티오피아 유학생의 자부심은 바로 오랜 세월이 흘러도 변함없이 이어져 내려온 인간애(人間愛)와 희생정신에서 비롯되었을 것입니다. 그녀는 돈보다 더 가치 있는 삶이 무엇인지 이미 오래 전에 알고 있었습니다.

- 에티오피아나 콜롬비아 학생이 자국의 파병 역사에 큰 자부심을 느끼는 이유는 무엇일까요?

- 6.25 때 우리나라를 도와주었던 나라들은 당시 모두 순조롭게 파병 결정을 내렸을까요?

- 우리나라가 이라크나 아프가니스탄 등에 파병하게 된 배경과 그것으로 얻을 수 있는 국가 이익은 무엇인지 이야기해보세요.

# 생각습관 – 색다른 이야기

박치기왕의 마지막 여행

라면 이야기

미라와 함께 나온 한글

김치의 인생역전

고급 문화유산 만들기

도전하는 삶

산간마을에서 터진 대박축제

# 박치기왕의 마지막 여행

**50자 요약**

김일 선수는 화려하게 레슬링 시대를 열었지만,
데뷔 이전에는 혹독한 훈련을 견뎌내야 했으며,
은퇴 뒤에는 병마와 싸우며 힘겨운 인생을 살았다.

우리나라에도 미국처럼 프로레슬링이 인기가 있던 시절이 있었습니다. 60년대에 시작되어 70년대까지의 일이었습니다. 당시 김일이라는 선수가 있었습니다. 요즘 인기가 있는 K1이나 프라이드 같은 이종격투기 선수보다 훨씬 인기가 있었습니다. 김일은 박치기로 상대방을 쓰러뜨린 영웅이었습니다. 흑백텔레비전조차 귀하던 그 시절, 마을 사람들은 모두 부잣집 마당에 모여앉아 그의 레슬링 경기를 보았습니다.

청년 김일은 배고픔을 못 이겨 레슬링으로 성공하겠다며 일본행 밀항선(密航船)에 몸을 실었습니다. 김일은 밀입국 혐의로 체포되었는데, 당시 일본 레슬링계를 이끌던 역도산 선수가 그를 구해주었습니다.

김일은 역도산 문하에 들어갔고, 그 누구보다 혹독한 훈련을 받게 되었습니다. 어느 날 스승 역도산은 김일을 불렀습니다. 스승은 김일에게 새로운 기술을 연마하라고 명령합니다. 그것은 다름 아닌 박치기였습니다. 박치기는 뒷골목 싸움꾼이나 하는 짓이었고, 결코 기술이 아니었습니다. 웬만한 기술로는 레슬링계에서 살아남을 수 없음을 직감한 역도산은 박치기만이 승부수라고 확신했던 것입니다.

박치기를 잘하려면 그저 자신의 이마를 돌처럼 단련시키는 수밖에 없었습니다. 자신의 머리가 더 단단해야만 상대를 무너뜨릴 수 있었던 것입니다. 김일은 하루 종일 나무기둥에 자신의 머리를 들이박았습니다. 이마에는 매일 피가 흥건했고, 상처는 아물 겨를이 없었습니다. 역도산은 김일의 이마를 더욱 단단하게 만들기로 작정했습니다. 그는 김일의 이마를 골프채로 후려쳐서 단련시키기 시작했습니다. 김일은 비명 한 번 지르지 않고 견뎌냈습니다. 그의 이마는 이제 사람의 것이 아니었습니다. 그것은 차라리 돌덩이였습니다.

고국에 돌아온 김일은 화려하게 자신의 시대를 열었습니다. 누구도 감히 김일 선수의 상대가 되지 못했습니다. 상대에게 몇 차례 얻어맞고 엎어지다가도 김일은 어느 순간 벌떡 일어나 신들린 사람처럼 박치기를 해댔습니다. 상대가 일본 선수일 경우 박치기의 위력은 더 세지는 것 같았습니다. 김일 선수의 박치기가 작열할 때마다 국민의 함성은 더욱 커졌습니다.


프로레슬링은 80년대 들어 바람처럼 사라져버렸습니다. 프로 야구가 그 자리를 대신했고, 전국에 프로 야구 열풍이 휘몰아쳤습니다. 프로레슬링은 그저 전설이 되어버렸습니다.

90년대 초반 박치기왕 김일 선수가 텔레비전에 모습을 나타냈습니다. 병원 침대에 누워 있는 모습이었습니다. 이번에는 힘겹게 병마(病魔)와 싸우고 있었습니다.

김일 선수의 박치기 대가는 너무나 컸습니다. 말년에

박치기 후유증이 찾아온 것입니다. 김일은 고혈압과 임파부종으로 고통을 겪기 시작했습니다. 청년 시절 박치기를 단련하며 뼈를 깎는 고통을 이겨냈는데, 이제는 병마의 고통을 견뎌내야 했습니다. 김일은 무려 15년 동안이나 병원 신세를 져야만 했습니다.

2006년 10월 어느 날 김일은 홀연히 세상을 떠났습니다. 그는 골프채로 얻어맞으며 이마를 단련하던 악몽에서 벗어날 수 있었습니다. 가난도 배고픔도 없으며 그 어떤 고통도 찾아볼 수 없는 아름다운 세상으로 여행을 떠난 것입니다.

- 김일 선수의 박치기는 당시 국민에게 어떤 영향을 끼쳤을까요?

- 김일 선수의 골프채 훈련에 대해 어떻게 생각하나요?

- 일본 선수를 쓰러뜨린 김일 선수에 대해 일본인은 어떤 감정을 갖게 되었을까요?

# 라면 이야기

**50자 요약**

라면은 우리나라에 들어온 지 40여 년 동안
우리의 먹을거리 세계를 크게 바꾸어 놓았으나,
웰빙 시대를 맞이하여 여러 문제에 직면하고 있다.

라면에 대한 기억은 초등학교 때로 거슬러 올라갑니다. 당시에는 별다른 간식이 없었던 터라 라면은 자연스럽게 식생활의 중심에 있었습니다. 쫄깃쫄깃한 면발과 매콤한 국물 생각을 하면 늘 즐거웠습니다. 중학교와 고등학교 때는 라면 없는 하루를 상상조차 할 수 없었습니다. 주로 간식으로 먹었지만, 주식(主食)으로 때우던 경우도 적지 않았습니다.

먹고 살기 어려운 사람들에게 라면은 없어서는 안 될 것이었습니다. 정부에서는 가난한 사람들에게 무상으로

라면을 나눠주기도 했습니다. 그것은 생존을 위한 양식이 되었습니다. 연말이면 라면을 가득 실은 자선단체의 트럭들이 달동네를 찾아가기도 했습니다. 라면은 따뜻한 정이었고, 사랑을 표현하는 수단이었습니다.

2006년 일본의 한 연구소가 일본인에게 20세기 일본에서 만들어진 것 가운데 가장 사랑받는 물건이 무엇인지 물었더니 놀라운 결과가 나왔습니다. 인스턴트 라면이 1위를 차지했습니다. 라면이 일본인의 삶에 절대적인 위치를 차지하고 있었던 것입니다. 라면은 처음 등장했을 때부터 세상을 바꿔줄 모든 준비를 마치고 나온 것이나 다름없었습니다.

2차 대전 이후 일본은 식량이 부족했습니다. 일본 정부는 국민에게 미국에서 원조 받은 빵을 먹도록 했습니다. 밥 대신 빵을 먹는 일은 일본 국민에게 고통이었습니다. 그 문제를 해결해준 사람이 바로 안도 모모후쿠였습니다.

그는 일본인의 입맛에 딱 맞으면서도 오랫동안 보관할 수 있는 식품을 만들겠다는 각오를 다졌습니다. 연구에 연구를 거듭하던 어느 날 아내가 차려온 튀김요리에서 힌트를 얻어 오늘날의 라면을 개발하게 된 것입니다. 1958년의 일이었습니다. 튀김 국수인 라면은 맛이 좋고 먹기 편리해서 개발하자마자 수요가 폭발적으로 늘어났던 것입니다.

우리나라가 일본에서 라면을 도입한 것은 1963년입니다. 그 당시 우리 국민은 라면에 대해 매우 부정적인 태도를 보였다고 합니다. 사람이 먹을 수 있는 음식이라고 보지 않았던 것입니다. 쌀이나 보리밥에 익숙해져 있던 우리 국민에게 밀가루로 만든 이상한 튀김 국수가 입에 맞을 리도 없었습니다.

라면이 팔리지 않자 업체는 온갖 수단과 방법을 동원하기에 이릅니다. 역전이나 공원 등 사람이 많이 오가는 곳에 솥단지를 걸어두고 노상 라면시식회까지 마련했습니다. 라면 좀 먹어달라고 소비자 바짓가랑이를 붙들고 애원했던 것입니다. 라면회사가 얼마나 절박했는지 느낄 수 대목입니다.

라면회사가 위기를 넘길 수 있었던 것은 보릿고개 덕분이었다고 합니다. 전국적으로 보리농사를 망치고 식량

위기에 처했던 정부가 대대적으로 분식을 장려하게 된 것입니다. 라면은 그때 식량 위기를 극복할 수 있는 유일한 대안이었던 셈입니다.

잘 나가던 라면업계는 한때 직격탄을 맞기도 했습니다. 지난 1989년 라면에 공업용 우지를 사용했다는 혐의로 해당업체가 한바탕 곤욕을 치렀습니다. 그 사건은 무혐의 판결로 끝나 버렸지만, 소비자의 반응은 오랫동안 냉담해졌습니다. 점유율 1위 회사가 중소업체로 전락하고 말았던 것도 그 사건 때문이었습니다.


최근 웰빙 바람이 불어오고 있어도 인스턴트식품의 대명사 라면에 대한 열기는 여전히 식을 줄 모릅니다. 그동안 업계는 라면에 방부제와 화학 첨가물 등 식품안전 문제가 있다는 지적을 수없이 받아왔습니다.

그 가운데 방부제는 라면의 수분 함량이 낮기 때문에 큰 문제가 되지 않는 것으로 보입니다. 그 이유는 미생물이 번식하려면 수분함량이 12% 이상 되어야 하기 때문입니다. 하지만 스프에 들어가는 화학 첨가물의 유해성은 여전히 해결 과제로 남아 있고, 사발면 등에서 발생하는 환경 호르몬 문제도 쟁점으로 떠올라 있는 상태입니다. 하루 섭취 기준량의 2배가 넘는 나트륨 함량도 건강에 위협이 될 수 있다는 지적입니다.

라면은 이처럼 여러 지적에 시달리고 있으면서도 우리나라의 대표 음식으로 자리 잡았습니다. 한 끼 식사로도 해결되고, 간식으로도 여전히 인기가 높습니다. 아예 밥보다 라면으로 끼니를 때우는 사람도 적지 않습니다.

라면을 계속 먹는 이유는 무엇보다 짧은 조리시간과 관련이 있어 보입니다. 컵라면은 뜨거운 물을 붓고 3분이면 먹을 수 있습니다. 라면을 멀리하지 못하는 이유는 또 있습니다. 식후에 느끼는 적당한 포만감입니다. 라면은 밥만큼은 아니지만, 간식으로서는 넉넉한 420kcal의 열량이 있습니다. 탄수화물 65g, 지방 14g, 단백질도 9g을 함유하고 있습니다. 라면은 값싼 비용으로 어느 정도 영양 보충까지 넘볼 수 있는 셈입니다.


라면이 국민의 절대적인 사랑을 받고 있다면 업체에서도 그에 걸맞는 대가를 지불해야 할 것입니다. 쟁점이 되고 있는 유해성과 화학 첨가물, 나트륨 과다 함량 문제 등에 대해 적극적인 대책을 마련해서 라면이 건강한 먹을거리로 자리 잡도록 노력을 아끼지 말아야 할 것입니다.

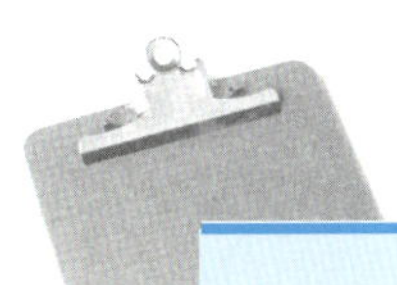

- 라면이 우리의 대표음식으로 자리를 잡게 된 배경은 무엇인가요?

- 라면의 장단점에 대해 이야기해 보세요.

- 라면 제조업체가 해결해야 할 과제로는 어떤 것이 있습니까?

# 미라와 함께 나온 한글

**50자 요약**

모자 미라와 함께 나온 한글을 계기로
영국과 독일처럼 언어를 지키고 보급하는 일이
얼마나 가치 있는 일인지 깨달았다.

지난 2002년 11월 고대 박물관에서 파평 윤씨 모자(母子) 미라가 공개되던 날 가슴이 몹시 두근거렸습니다.

아이를 낳다 죽은 여성의 미라는 공개 당시 엄청난 화제를 모았습니다. 조선시대 생활상을 그대로 보여주는 수의와 얼레빗, 바늘꽂이 등의 부장품도 눈길을 끌었고, 치마와 저고리 등 양반집 부인네 옷도 관심을 끌었습니다. 미라와 함께 나온 수십 종의 옷은 당장 파리 패션쇼에 출품해도 뒤떨어지지 않을 만큼 첨단 감각이 돋보였습니다.

〈병인윤시월〉 - 나는 뉴스에서 보았던 바로 그 글귀를 보려고 박물관에 갔습니다. 천에 적혀 있었던 〈병인윤시월〉이란 한글을 보고는 내 눈을 의심하지 않을 수 없었습니다. 붓으로 쓴 글씨는 무려 430년이나 지났는데도 요즘 것과 단 한 획도 다르지 않았습니다. 마치 시간을 초월해서 그 미라가 살던 시대와 마주하고 있는 것처럼 느껴졌습니다.

지난 1997년 가을 서울 노원구의 한 산기슭에서 비석 하나가 발견되어 세상을 깜짝 놀라게 했습니다. 그 비석은 중종 31년, 1536년에 세워진 것이었습니다. 그 비석이 특별히 시선을 끈 이유는 비문(碑文)이 한문이 아닌 한글이었기 때문이었습니다. 빗돌에는 다음과 같이 적혀 있었습니다.

*'영한 빗돌이라. 건드린 사람은 재앙을 입으리라. 이는 글 모르는 사람더러 알리는 것이니라.'* *

---

* 박영준 외(2004), 〈우리말의 수수께끼〉, 김영사

세종대왕이 한글을 만들 때 관리들의 반대는 극심했는데, 그런 사회적인 분위기는 오랫동안 지속되었습니다. 그 시대의 백성이라면 특별히 글을 몰라도 살아갈 수가 있었지만, 만일 글을 쓸 수만 있다면 그들의 삶은 크게 달라질 수 있었던 것입니다.

세종대왕은 결단을 내렸습니다. 백성에게 새로운 글을 만들어주기로 했던 것입니다. 당시 조선에게 중국은 절대적이었습니다. 새로운 문자를 만든다는 것은 중국에 대한 도전이나 마찬가지였습니다. 한글창제는 한마디로 국가 차원의 대개혁이 아닐 수 없었습니다.

미라가 발견된 관에서 나온 한글과 빗돌에 적힌 한글 비문은 당시로서는 매우 이례적이고 파격적인 것이었습니다. 빗돌은 더욱이 한글 창제 때와 똑같은 글씨로 새겨져서 그 가치가 더욱 돋보이기도 했습니다. 모두 한글을 문자로 인식하지 않았던 조선시대 전기(前期)에 벌어진 이례적인 사건이 아닐 수 없었습니다.

선진국에서는 자국의 문화와 언어를 보급하려는 투자를 계속해오고 있습니다. 그 대표적인 것인 영국문화원

브리티시 카운슬(British Council)과 독일문화원 괴테 인스티튜트(Goethe Institut), 프랑스문화원 알리앙스 프랑셰즈 등입니다. 영국문화원은 전 세계에 이미 220개, 독일문화원은 144개나 세워졌습니다. 그들은 문화원을 통해 외국에 언어를 보급하는 것은 물론, 자국 홍보에도 적극적으로 활용하고 있습니다.

2007년 초 문화관광부가 '세종학당'을 설립해서 한국어의 해외 보급에 나서기로 한 일은 참으로 반가운 소식이 아닐 수 없었습니다. 우선 올 3월 중국의 베이징과 몽골 울란바토르에 첫 세종학당을 세우기로 했고, 전 세계의 한국어 교육 전문가 네트워크도 마련한다는 소식입니다.

세종학당에 대한 보도를 보면서 우리가 한 가지 중대한 점을 지나쳐버리고 있다는 사실을 깨달았습니다. 바로 한국에 들어와 있는 이주노동자들에 관한 것입니다.

현재 우리나라에 들어와 있는 이주노동자들은 이미 수십 만 명이 넘습니다. 대부분 중국과 동남아시아에서 온 사람들입니다. 우리가 관심을 가져야 할 것은 그들이 고학력자라는 사실이고, 비교적 한국어를 잘하고 있다는 점입니다.

　과거 독일에서 광부와 간호사로 일하며 우리 경제에 이바지했던 사람들은 대부분 고학력자였습니다. 그들은 한국과 독일의 민간외교 분야에 적잖은 업적을 세웠고, 한-독간의 문화교류의 디딤돌 구실까지 했습니다.

　외국인 노동자들 역시 당장은 경제적인 이유로 한국에 들어온 것입니다. 그들이 모국으로 떠날 때는 한국어와 한국의 이미지를 고스란히 담아갈 것이고, 그들 나라에서 한국을 지지하고 응원해줄 수 있는 세력이 될 수도 있는 것입니다. 세종학당을 세워 한국어를 해외에 보급하는 일도 중요하겠지만, 우리나라에 와 있는 고학력 이주 노동자들에게도 체계적으로 한글을 전파하는 작업도 의미 있는 일이 될 것입니다.


　1989년 6월 유엔 산하의 유네스코(UNESCO)에서는 세계의 문맹(文盲)을 퇴치하기 위해 상을 마련했습니다. 바로 '세종대왕 문맹퇴치상'(King Sejong Literacy Prize)입니다. 이 상은 문맹 퇴치에 공이 큰 단체나 개인, 기관에 시상하는 것으로, 한글 배우기가 그 어떤 언어보다도 쉽다는 것을 유엔이 인정한 것을 의미합니다.

언어는 문화입니다. 언어는 또한 문화의 꽃입니다. 한
글의 보급은 우리의 당연한 사명입니다. 뒤늦게나마 세
종학당의 설립으로 한글이 전파되고 우리의 문화가 세계
곳곳에 소개되는 것은 매우 의미 있는 일입니다. 다만 영
국이나 독일, 프랑스와 같은 나라가 지난 수십 년 동안
이룩했던 성과를 기대하려면 100년을 내다보는 장기적
인 전략을 세워야 할 것입니다. 언어에 관한 일은 결코
단기간에 이루어지는 것이 없기 때문입니다.

- 당시 양반가에서 한글 기록물을 남겼다는 것은 무엇을 의미하는 것일까요?

- 한글을 반대한 신하들은 세종대왕에게 어떤 이유와 근거를 제시했을까요?

- 영국이나 독일, 프랑스 등이 세계 곳곳에 문화원을 세워 자국의 언어를
  보급하는 이유는 무엇일까요?

# 김치의 인생역전

**50자 요약**

한국인은 김치냄새로 늘 스트레스를 받는데,
사스와 조류독감 예방 효과가 널리 알려지면서
새삼 김치의 인생역전이 예상되고 있다.

오래 전의 일입니다. 뮌헨에서 어느 헝가리 의사와 식사를 할 때의 일이었습니다. 스테이크를 시켜 막 먹으려는데 그 친구가 가방을 뒤적이며 무엇인가 꺼내는 것이었습니다. 비닐 봉투를 열어 음식에 툭툭 털어 넣는데, 그것은 다름 아닌 시뻘건 고춧가루였습니다.

"아니, 당신네도 고춧가루 먹습니까?"

"이거 없으면 밥 못 먹어요."

그때는 서양인이라면 고춧가루를 입에도 대지 못한다고 알고 있었습니다. 너무나 신기하고 재미있는 일이었습니다. 그 친구는 얼굴 색 하나 변하지 않고 고춧가루 뿌린 스테이크를 먹고 있었습니다.

우리의 겨울 김장 얘기를 꺼냈습니다. 배추를 소금에 절이고 고춧가루와 양념을 넣어 저장을 해서 겨우내 먹는다고 얘기했더니, 그 친구가 두 눈을 크게 뜨고 반가워하는 표정을 지었습니다.

"어, 우리와 비슷하게 먹고 사는 나라가 있네요."

우리의 김치와는 좀 다르긴 해도 헝가리 사람들도 채소를 절여 겨울을 나고 있다는 사실을 알았습니다.


2002년 중국 전역에 중증급성호흡기증후군, 즉 사스(SARS)가 번졌습니다. 당시 5천명 이상이 감염되었고, 무려 3백 명 이상 사망했습니다. 중국이 초비상 사태를 선포하며 막으려 했지만, 사스는 좀처럼 물러설 기미를 보이지 않았습니다. 사스는 홍콩과 싱가포르, 베트남에도 전염되었고, 멀리 캐나다에서도 사망자가 발생했습니다. 전 세계가 사스 공포에 떨어야 했습니다.

그 무렵 중국과의 교류가 어느 나라보다 활발한 우리나라는 사스의 피해를 거의 입지 않았습니다. 한국의 사스 전파는 시간문제라던 예상이 빗나갔습니다.

사스가 수습될 무렵 중국에 이상한 일이 벌어졌습니다. 김치 수요가 폭발적으로 늘었습니다. 한국인이 사스 피해를 입지 않은 이유가 김치 때문이라는 소문이 떠돌았기 때문입니다. 그 소문은 삽시간에 중국 전역에 퍼졌습니다. 심지어 이웃 일본에서도 김치를 사려는 사람들이 크게 늘었습니다. 과학적으로 입증된 것은 없었지만, 김치는 없어서 못 팔 지경이 되었습니다.

2006년 말 미국의 〈워싱턴포스트〉지는 미국 내 김치 판매가 크게 늘고 있다고 보도했습니다. 김치가 조류독감 치료와 예방에 효과가 있는 것으로 알려지면서 미국인이 김치를 찾기 시작했다는 내용이었습니다. 몇 년 전까지만 해도 김치를 먹는 미국인은 상상도 할 수 없는 일이었습니다.

오래 전부터 한국인이 서양 사람을 만날 때 신경 쓰이는 것 중의 하나가 바로 김치냄새였습니다. 김치에 들어 있는 마늘이나 생강 등의 향이 진하기 때문입니다. 김치냄새도 하나의 스트레스였습니다. 외국인과 만날 때면 으레 양치질을 해서 김치냄새를 제거해야만 마음이 편하다는 사람도 있었습니다. 실제 외국에 사는 교포 자녀들은 아침식사 때 김치를 먹지 않습니다. 아이들이 학교에서 놀림을 당할 수 있다고 생각하는 것입니다.

세상이 바뀌고 있습니다. 서양인에게 고약한 냄새의 상징이었던 김치의 인생이 변하고 있습니다. 이제 세계인 모두가 뉴욕과 파리의 고급 레스토랑에서 김치를 맘껏 즐기고, 김치냄새를 오히려 건강의 상징으로 받아들일 날도 머지않은 듯싶습니다. 김치의 인생역전(人生逆轉) 시대가 다가오는 느낌입니다.

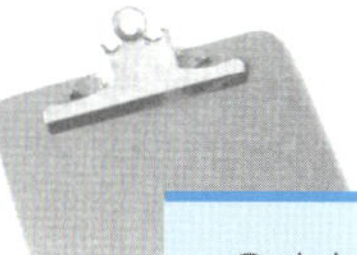

• 우리나라에 김치와 같은 저장식품이 생긴 이유는 무엇이었을까요?

• 김치를 먹으면 우리의 건강에 어떤 점이 이로울까요?

• 외국의 교포 자녀들이 김치를 먹지 않고 학교에 간다는 점에 대해 어떻게 생각합니까?

# 고급 문화유산 만들기

**50자 요약**

우리나라에도 유럽처럼 고급주택을 지어
후세에 물려주자는 문화재청장의 의견은
우리 사회가 한 번쯤 생각해봐야 할 일이다.

지난 2006년 독일 월드컵 당시 한국 대표팀의 숙소가 공개되었을 때 많은 사람들이 부러움을 감추지 못했습니다. 대표팀의 숙소는 지금까지 우리가 생각해왔던 호텔의 개념과 크게 달랐기 때문이었습니다.

한국팀 숙소인 그랜드호텔 슐로스 벤스베르크(Grandhotel Schloss Bensberg)는 1705년 뒤셀도르프의 요한 빌헬름 2세가 프랑스의 베르사유 궁전을 본떠 세운 것으로, 1997년 한 보험사가 사들여서 호텔로 개조한 것입니다.

당시 우리뿐만 아니라, 여러 대표팀이 고성(古城) 호텔을 숙소로 이용해서 눈길을 끌었습니다. 독일팀은 베를린 인근의 그뤼네발트 슐로스호텔에서 묵었고, 프랑스팀은 하노버의 고성 호텔을 숙소로 삼았습니다. 주최측 독일은 옛 성을 개조한 유서 깊은 곳을 숙소로 활용함으로써, 자신들의 아름다운 문화유산을 전 세계에 보여줄 수 있었던 것입니다.

여러 해 전 독일 프랑크푸르트의 한 고성 호텔에 들른 적이 있습니다. 자작나무 숲에 자리 잡은 그 호텔은 보기만 해도 들어가 보고 싶은 욕구가 생길 정도로 경치가 그만이었고, 건물도 고풍스러웠습니다. 그 호텔은 수백 년의 전통을 자랑하면서도 우리의 특급 호텔보다 저렴한 수준이었고 고객만족도 또한 최고로 꼽히고 있었습니다. 무엇보다 눈에 띄는 것은 호텔에서 일하는 직원들의 자부심이었습니다. 그들은 역사 깊은 건축물에서 일하고 있다는 것을 너무나 자랑스러워하고 있었습니다.


얼마 전 유홍준 문화재청장이 아주 특이한 발언을 해서 화제가 되었습니다. 이른바 '호화건축물' 이야기였습니다. 우리나라 부자들도 국내에 고급주택이나 별장 등을 많이 지었으면 한다는 내용이었습니다. 유럽의 부자들이 건축한 수많은 고성과 저택들이 결국 문화유산이 되어 오늘에 이르렀다는 주장도 곁들였습니다.

언론에서는 은근히 부정적인 평가를 내렸습니다. 정부의 고위직 인사가 호화주택 붐을 부추길 수 있는 요지의 발언을 했다고 말입니다. 하지만 그의 발언은 꽤나 일리 있는 것이었습니다. 문화유산에 대한 진정한 마인드가 있다면 충분히 나올 수 있는 주장이었습니다.

우리나라에서는 고급주택을 지을 때 여러 제약이 따릅니다. 사회적인 시선도 매우 따갑습니다. 상류층 사람들은 우리나라에 단 한 채의 건물이나 저택을 짓지 않은 채 외국에 호화별장과 고급저택을 마련하고 있는 실정입니다. 참으로 안타까운 일이 아닐 수 없습니다.

요즘 우리나라 아파트가 점점 고급화되고 대형화되는 것도 바로 고급주택에 대한 상류층의 욕구가 일부 반영되고 있다는 분석이 있습니다. 아파트는 20~30년 뒤에 재개발 운명을 맞이할 것이 분명한데도, 우리나라의 고급 아파트 건축 붐은 불행히도 끊이지 않을 것이라는 전

망이 지배적입니다. 결국 100년이 지나 문화유산으로 남을 주택은 하나도 없이, 오로지 '소비성' 초고층 아파트만을 양산하는 꼴입니다.


지난 1999년 4월 엘리자베스 영국 여왕이 한국을 방문했을 때 안동 하회마을을 찾아 세상의 이목이 집중되었습니다. 그때 많은 사람들은 영국 여왕이 하필이면 왜 안동의 케케묵은 마을을 방문했는지 궁금하게 여겼습니다. 서울에는 내로라하는 첨단 빌딩과 볼 만한 것들이 널려 있는데도 말입니다.

서양인은 한 나라의 전통과 문화가 살아 숨 쉬는 곳을 가장 보고 싶어 합니다. 여왕이라고 예외가 아니었던 것입니다. 엘리자베스 여왕은 수백 년 역사를 간직하고 있는 충효당과 양진당 같은 고급 양반댁을 보며 한국 고건축물의 아름다움과 전통미를 느꼈을 것입니다.


우리는 언제까지나 외국의 수백 년 된 고성 호텔이나 건축물을 보면서 부러워하고 있어야 할까요? 호화롭다고 해서 그저 비난만 일삼을 것이 아니라, 당장 수십 년

뒤 또는 100년 뒤 문화유산 만들기에도 관대한 시각이
필요하다고 봅니다.

• 독일의 고급 저택들이 잘 보존되고 관리되고 있는 이유는 무엇일까요?

• 우리나라에서는 왜 호화 건축물이 무조건 비난받고 있는 것일까요?

• 호화 저택이나 건축물을 짓자는 문화재청장의 주장에 대해 어떻게
  생각합니까?

# 도전하는 삶

**50자 요약**

온갖 위험을 무릅쓰고 모험을 즐기는
미국인과 중국인을 지켜보면서
우리가 얼마나 도전정신에 무관심한지 깨닫게 되었다.

90년대 후반 미국의 루비콘 트레일(Rubicon Trail)에 도전한 적이 있습니다. 캘리포니아 사우스 레이크 타호에서 시작되는 루비콘 트레일은 지프(Jeep)차를 타고 산악지역의 험로를 통과하는 코스입니다.

루비콘 트레일에 들어서면 곧 거대한 바위 장애물이 곳곳에서 기다립니다. 지프에 탄 채 수백 길 낭떠러지를 내려다보며 암벽을 타고 지나갈 때는 등골에 식은땀이 주르르 흘러내립니다. 바위 경사로는 나무늘보 같은 속도로 기어 올라가야 했고, 수직에 가까운 내리막길에서는 차가 굴러 떨어지는 느낌이었습니다. 험로를 통과하다 지프가 뒤집어지는 사고도 흔한 일이었습니다.

루비콘 트레일을 중간쯤 통과하고 있을 때쯤 군데군데 돌을 쌓아둔 묘지가 나타났습니다. 험한 산악지역에 묘지가 있다니 놀라웠습니다. 그것은 다름 아니라 루비콘 트레일 코스에 도전했다가 사고를 당해 죽은 사람들의 것이었습니다. 묘지 앞에는 꽃도 보였습니다. 죽은 사람의 유가족이나 친구들이 그의 넋을 기리기 위해 위험을 감수하며 다시 찾아오고 있었던 것입니다.

우리로서는 상상할 수 없는 일이지만, 미국인들은 그런 도전을 전혀 꺼리지 않고 있었습니다. 초등학생을 데리고 루비콘 트레일에 도전을 하는 사람도 적지 않았습니다. 아이들의 얼굴에는 모두 자신감과 자부심이 짙게 배어 있었습니다. 누구도 두려워하는 기색이 없었습니다.


소형차를 타고 대만의 아리산(阿里山)에 도전했던 기억이 떠오릅니다. 90년도 초반의 일입니다. 해발 2천274미터의 아리산을 오르는 일은 그리 어렵지 않았습니다. 문제는 지진에 의한 산사태였습니다. 해발 2천 미터를 넘어서자 아리산에 안개가 덮쳤습니다. 부슬부슬 비도 내리고 있었습니다. 길 옆에는 낭떠러지가 이어지고 있고, 언제 산사태가 터질지 불안감에 휩싸여 있었습니다.

그때 내 앞쪽에서 누가 소리를 쳤습니다. 산사태가 일어났음을 직감했습니다. 아니나 다를까, 앞서 가던 차에 집채만 한 흙더미가 덮쳤습니다. 주변에는 여기저기 뿌리째 뽑힌 나무들이 흩어져 있었습니다. 정말 아찔한 순간이었습니다. 나는 옆에서 놀란 가슴을 쓸어내리고 있었습니다.

잠시 후 사람들이 차에서 나오고 있었습니다. 유치원생으로 보이는 두 아이도 옷에 묻은 흙을 털어내며 걸어 나왔습니다. 그들은 너무나 태연한 표정이었습니다. 마치 산사태와는 아무런 관련이 없는 사람들처럼 보였습니다.

"이렇게 위험한 곳에 어떻게 애들까지 데려오셨죠?"

"이 정도 위험을 두려워하면서 어떻게 인생을 살아갈 수 있나요. 애들도 한 번쯤 배워야 하지 않겠어요?"

중국인 아빠는 정말 아무렇지도 않은 듯한 표정으로 대답했습니다. 나는 중국인들도 모험을 두려워하지 않는다는 사실을 그때 알았습니다. 중국인이란 그저 서두르

지 않고 매사에 천천히 살아간다는 '만만디'로만 알고
있었습니다.

나는 미국인이 모험을 두려워하지 않는다는 것을 보았
습니다. 그들은 언제나 도전정신을 갖고 살아가고 있었
습니다. 그들은 그런 용기와 저력으로 남들이 한 번도 밟
아보지 못한 달에 첫발을 내딛었으며, 여전히 세계의 리
더로서 큰소리를 치고 있는 것입니다. 중국인의 용기와
도전정신도 배울 만합니다. 그들은 지난 수십 년 동안 후
진국으로 머물러 있다가 단 10년 만에 경제대국과 과학
강국을 이룩했습니다. 용기와 도전정신이 없다면 이룰
수 없는 것이었습니다.

우리의 경우는 어떤가요? 대부분의 아이들은 엄마의
품에서 떨어지지 못하고 있습니다. 미국과 중국의 아이
들이 암벽을 오르내리고 산사태 위험을 뚫고 모험을 하
고 있는데, 우리의 자녀들은 하나부터 열까지 부모가 모
든 일을 챙겨주고 있습니다. 마치 온실 속의 화초처럼 살
아가고 있습니다.

도전과 모험은 가까이 해서는 안 되는 것일까요? 그렇

다면 미국인과 중국인은 왜 그런 일에 나서고 있는 것일까요? 미래의 삶은 불확실하고 예측 불가능합니다. 도전과 모험정신은 그렇기 때문에 더욱 절실해지고 있는 것입니다.

- 모험을 하다 죽은 가족과 친구를 애도하기 위해 또 다시 도전에 나서는 사람들을 통해 무엇을 배울 수 있나요?

- 도전이나 모험을 두려워하지 않는 미국 사회의 풍토에 대해 어떻게 생각합니까?

- 우리의 부모들은 왜 도전이나 모험에 관심을 두지 않는 것일까요?

# 산간마을에서 터진 대박축제

**50자 요약**

산천어축제의 성공을 지켜보면서
누구든 독특한 아이디어와 추진력만 있다면
얼마든지 사람들의 관심을 끌어낼 수 있다는 것을 배웠다.

'10월축제'라고 부르는 독일의 옥토버페스트(Oktoberfest)에 참가했을 때의 흥분은 여러 해가 지나도 여전히 기억에 남아 있습니다. 축제의 중심지 뮌헨은 독일인은 물론이고 유럽 각지에서 온 관광객으로 인산인해(人山人海)를 이루고 있었습니다. 항공편과 기차편은 모조리 동나버렸고, 독일 남부지역을 지나는 고속도로에는 자동차 물결이 이어졌습니다.

옥토버페스트 행사장은 그야말로 흥분의 도가니였습니다. 10군데나 설치된 초대형 천막에는 무려 20만 명이나 입장할 수 있었습니다. 미처 입장권을 구하지 못한 관광객들은  수백 미터씩 줄지어 발만 동동 구르고 있었습니다. 모두 축제의 절정을 놓치지 않으려는 비장한 각오였습니다. 천막 중앙에는 오케스트라가 자리 잡고 있었습니다. 그들은 쉴 새 없이 왈츠를 연주하고 있었고, 참가자들은 의자와 테이블을 오르락내리락 하며 춤을 추었습니다. 참가자들 모두 어깨동무하며 합창을 할 때면 천막이 떠나갈 듯했습니다. 수백만의 관광객이 왜 옥토버페스트에 열광하고, 1년 내내 왜 그 축제를 기다리고 있는지 이해가 되었습니다.

2000년대 초 후지산에서 열린 일본 지프 잼버리축제에 참가했을 때 나는 벌어진 입을 다물지 못했습니다. 무려 5천대가 넘는 지프차가 몰려왔던 것입니다. 수천의 오색(五色) 텐트도 후지산을 덮어 장관을 이루었습니다.

축제 마지막 날에는 2만 명이나 되는 참가자 모두 한자리에 모였습니다. 이색경기가 시작되었습니다. 지프차를 타고 진흙탕에 뛰어들어 누가 더 멀리 가느냐를 가리는 대회였습니다. 한 대씩 진흙탕에 뛰어들 때마다 환호

성이 터졌습니다. 도전이 끝나고 나면 출전자들은 진흙탕으로 다이빙했습니다. 밤새도록 웃느라 배꼽이 빠질 지경이었습니다.

우리나라도 지방자치시대에 맞추어 여러 축제가 열리고 있습니다. 하지만 대부분의 축제가 졸속으로 운영되거나 별 소득을 올리지 못한 채 지자체에 재정 부담만 더 해주고 있습니다.

강원도 화천의 고민은 그 어느 곳보다 컸습니다. 내세울 것이 없기 때문이었습니다. 명소(名所)라 해봤자, 5공화국 때 건설한 평화의 댐밖에 없었던 것입니다. 무에서 유를 창조해내지 않으면 살아갈 수가 없었습니다.

어느 날 반짝이는 아이디어가 터졌습니다. 1급수 어종인 산천어를 내세우자는 의견이었습니다. 청정 산악지역이라는 여건을 최대한 활용하자는 아이디어였습니다. 일부에서는 그까짓 물고기로 무슨 축제를 할 수 있겠느냐고 비아냥거리기도 했습니다. 서울이나 수도권에서 차를 타고 오기에는 너무나 빈약한 축제라며 반대하는 의견도 만만치 않았습니다.

화천은 타당성 조사에 착수했습니다. 산천어에 대해

갖은 연구를 다했습니다. 산천어로 할 수 있는 이벤트를 모조리 생각해냈습니다. 어느 순간 빈뜩이는 아이디어가 넘쳐나기 시작했습니다.

어렵사리 시작된 산천어축제는 단일 행사로는 놀라운 기록을 세웠습니다. 2002년 첫해 22만명의 참가자를 기록한 뒤 2007년 1월에는 125만명이라는 대기록을 세웠습니다. 서울모터쇼를 압도하는 기록이었습니다.

최전방 지역 화천이 산천어축제를 성공으로 이끌어낼 수 있었던 것은 발상의 전환 때문이었습니다. 우리나라 사람은 겨울철에 스키장 빼고는 마땅히 갈 곳이 없습니다. 여름철에는 수백 군데의 해수욕장과 계곡을 찾아 휴가를 즐길 수 있어도, 겨울에는 값비싼 스키장밖에는 선택의 여지가 없습니다. 화천은 바로 그 점을 노렸습니다. '산천어'라는 이색 먹거리와 '축제'라는 추억거리를 동시에 선사해주자는 것이었습니다. 축제가 열리자 아이들은 물론, 어른들까지도 열광하지 않을 수 없었습니다.

산천어 축제가 화천 지역경제에 미친 효과는 무려 450억원이라고 합니다. 이제 전국 지방자치단체들은 산천어축제를 체험하기 위해 몰려들고 있습니다. 화천은 거기서 만족하지 않고 중국 하얼빈 빙등축제와 일본 삿포로 눈축제처럼 산천어축제를 국제적인 행사로 키우려 하고 있습니다.

산간마을에서 이루어낸 축제의 성공은 우리에게 적잖은 의미를 주고 있습니다. 튀는 아이디어와 추진력만 있다면 관광객을 얼마든지 불러 모을 수 있는 것이었습니다. 화천은 산악지역의 단점을 강점으로 끌어올린 것입니다. 산천어축제는 최악의 여건에서 캐낸 최고의 보석이었습니다.

# 생각습관 – 감성과 감동

# 왕비와 과부

**50자 요약**

평일에는 왕비처럼 살아가는 한 여성이
주말이면 과부처럼 살아야 하는 이야기를 통해
행복이 무엇인지 다시금 생각하게 되었다.

70년대 간호사로 독일에 갔다가 현지인과 결혼했던 한 중년 여성이 있습니다. 그녀는 전원주택에서 남부럽지 않게 살고 있었습니다.

언젠가 그 집을 방문했을 때 독일인 남편도 아주 반갑게 맞이해주었습니다. 한국인 아내는 밤새도록 남편 자랑에 여념이 없었습니다. 전문직에 종사하는 남편은 사회적으로 크게 인정받고 있으면서 가정에도 소홀히 하는 법이 없었습니다.

남편은 매일 아침 일찍 일어나 두 아이의 식사를 챙겨

준 뒤 학교까지 데려다주었습니다. 퇴근 후에는 곧장 집에 돌아왔습니다. 집에 와서는 정원 손질과 집안청소까지 합니다. 요리도 대부분 남편의 몫이었습니다.

아내는 아침 10시쯤 일어나 늦은 식사를 하고 산책을 하거나 쇼핑을 다니는 것이 일과였습니다. 그 부인은 손에 물 하나 묻히지 않은 채 살고 있었습니다. 교포사회에서는 부러움의 대상이었습니다. 누가 보더라도 왕비처럼 살고 있었고, 정말 행복해 보였습니다.

이튿날 남편이 출근한 뒤 우리 일행과 얘기를 나누던 부인이 갑자기 울먹이기 시작했습니다. 깜짝 놀라 영문을 물었습니다.

"아니, 왜 그러세요?"

"행복이 뭔지 알다가도 모르겠네요."

부인은 눈물을 닦으며 말했습니다. 그 부인은 자신의 남편이 더없이 좋은 사람이라고 했습니다. 또 그 점에 늘 감사하며 살고 있다고 말했습니다.

"그런데 왜 그러시죠?"

그녀가 어렵게 입을 열었습니다. 남편이 지독한 드라

이브광이라는 얘기였습니다.

"아니, 드라이브 좋아하는 게 무슨 문제가 되나요?"

내가 의아하다는 듯 물었습니다. 독일에서는 50대와 60대 중에서도  드라이브를 즐기는 사람이 많다는 사실을 나도 잘 알고 있었습니다. 아우토반(독일 고속도로)에 제한속도를 적용하자는 법안(法案)이 드라이브 취미를 갖고 있는 국회의원들 때문에 번번이 무산되고 있다는 얘기를 들어본 적도 있었습니다.

"결혼한 이후 20년 가까이 주말을 같이 보낸 적이 거의 없어요."

그 부인의 행복은 매주 금요일에 그치고 말았던 것입니다. 남편은 정말이지 지독한 드라이버광이었습니다. 그는 금요일 오후 자신의 자동차를 점검한 다음 토요일 새벽이면 어김없이 아우토반으로 달려가는 것이었습니다. 남편은 시속 200km 이상으로 내달리며 아우토반에서 주말을 보내고 있었습니다. 그는 드라이브하지 않는 주말을 상상하지도 못하고 있었습니다. 드라이브야말로 그가 살아가는 이유였고, 유일한 낙이었습니다.

그 부인은 평소에는 왕비처럼 살다가 주말이면 과부처

럼 살아가고 있었습니다. 그녀는 자신의 삶이 반쪽 행복
이라고 생각하고 있었습니다.

행복이 무엇인지 새삼 돌이켜보는 시간이 되었습니다.

• 독일인 남편의 평일과 주말의 삶에 대해 어떤 생각이 듭니까?

• 개인의 취미생활이 지나칠 경우 어떤 일이 벌어질 수 있을까요?
  주변의 예를 들어 찾아보세요.

• 가정의 행복을 위해서는 어떤 노력이 필요한 것일까요?

# 깡통 들고 나온 베를린 아이들

**50자 요약**

김나지움 아이들은 친구의 여행 경비를 마련하려고
선생님의 기타 반주에 노래 부르고 모금함으로써
모두에게 진한 감동을 안겨주었다.

독일 베를린의 한 김나지움(Gymnasium) 6학년 교실에서 있었던 일입니다. 김나지움은 초등학교 과정을 마치고 이수하는 인문계 중.고교 과정으로, 우리나라로 치자면 초등학교 5학년부터 고등학교까지 해당됩니다.

한 교실에서 아이들이 토론을 벌이고 있었습니다. 담임선생님은 그저 지켜볼 뿐이었습니다. 안건은 같은 반 친구에 관한 것이었습니다. 경제적인 어려움 때문에 수학여행을 못가는 터키 친구를 어떻게 할 것인지 토의하는 자리였던 것입니다.

독일은 2차 대전이 끝나고 경제개발을 본격 시작하면서 많은 인력이 필요하게 되었습니다. 이탈리아나 동유럽 여러 나라뿐 아니라, 유럽과 아시아를 잇는 터키 출신 사람들도 몰려들었습니다. 그 가운데 터키인의 비중이 가장 높았습니다.

경제수준과 학력이 낮았던 터키인들은 독일인이 기피하는 거리 청소 등 궂은일을 도맡았습니다. 그들은 당장 입에 풀칠을 하고 근근이 애들 교육도 시킬 수 있었지만, 빈곤에서 벗어나지 못했습니다. 몇 십 년이 지나도 수백만 터키 출신 노동자들의 생활수준은 별로 나아지지 않았습니다. 집안 형편이 좋지 않았던 그 반의 터키 친구는 바로 그 때문에 수학여행조차 포기하고 말았던 것입니다.


열띤 토론 끝에 드디어 아이들이 결론을 내렸습니다. 아이들이 직접 여행경비를 마련해보자는 것이었습니다. 250유로(약 30만원)였습니다. 여행비 조달 방법도 학생들 스스로 결정했습니다. 반의 대표가 회의 결과를 발표하자 담임선생님이 고개를 끄덕였습니다.

주말 오후, 반 아이들은 모두 베를린 역으로 갔습니다.

베를린 역에는 주말에 수많은 사람들로 북적입니다. 동서 독이 통일된 이후 베를린에는 정부관청뿐 아니라, 세계의 내로라하는 기업들이 앞다투어 몰려왔기 때문입니다.

아이들은 역 입구에 자리를 잡고 한 줄로 늘어섰습니다. 선생님은 기타를 둘러메고 서 있었습니다. 한 아이는 친구의 수학여행 경비를 도와 달라는 피켓을 들고 있었고, 한 아이는 모금용 깡통을 들었습니다.

이윽고 아이들이 선생님의 기타 반주에 노래를 부르기 시작했습니다. 아이들의 감미로운 목소리가 울려 퍼졌습니다. 여행객들이 하나 둘씩 멈춰 섰습니다. 동전이 쨍그랑 소리를 내며 깡통에 떨어졌습니다. 격려와 칭찬의 목소리가 이어졌습니다.

아이들의 합창소리가 더욱 커졌습니다. 선생님의 기타 소리도 더 크게 울렸습니다. 이따금 5유로(약 6천원)짜리 지폐를 넣고 가는 사람도 있었습니다. 아이들은 연신 '당케 쇤'(Danke scheon:독일어로 고맙다는 말)을 외쳤습니다. 처음엔 약간 창피함을 느끼던 아이들도 뿌듯한 표정으로 목청을 돋우었습니다.

불과 몇 시간 만에 모금행사가 끝났습니다. 목표금액

을 훌쩍 넘어섰습니다. 아이들의 얼굴에는 자부심이 짙게 배어 있었습니다. 모두들 부둥켜안고 펄쩍펄쩍 뛰었습니다. 선생님도 아이들의 머리를 일일이 쓰다듬어주며 자랑스러워했습니다.

얼마 뒤 아이들은 그 터키 친구와 함께 수학여행 버스에 몸을 실을 수 있었습니다.

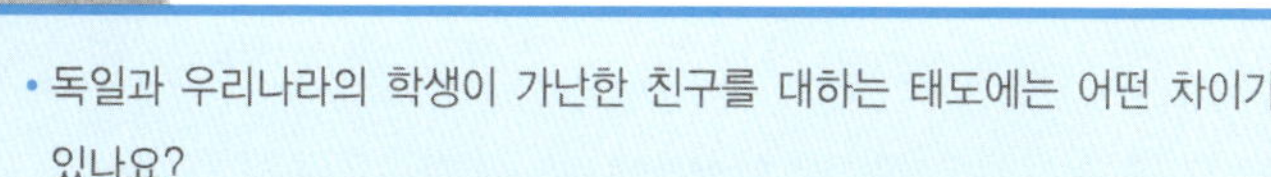

# 소방관 친구의 아픔

**50자 요약**

병원 침상에 누워 있는 친구를 보며
목숨을 바쳐 화재진압에 나서는 우리의 소방관들이
얼마나 열악한 환경에서 살아가는지 알 수 있었다.

2001년 3월 어느 날이었습니다. 서울 홍제동에서 불을 끄던 소방관 6명이 건물에 깔려 죽었다는 뉴스가 흘러나왔습니다. 미처 빠져나오지 못한 사람을 구출하러 들어갔다가 건물이 붕괴되는 바람에 봉변을 당했던 것입니다. 참사 현장은 텔레비전 화면으로도 끔찍해보였습니다.

보름 뒤 고등학교 동창회 사무실에서 전화가 왔습니다. 홍제동 화재 때 부상 입은 소방관 친구를 위해 모금이 시작되었다는 얘기였습니다. 이승기라고 했습니다. 이름을 듣는 순간 놀라지 않을 수 없었습니다. 승기는 고등학교 때 내 짝이었습니다.

승기는 경기도 일산의 한 종합병원에 입원해 있었습니다. 그날 밤늦게 찾아갔습니다. 부인이 간호를 하고 있었습니다. 그는 매몰현장에서 기적적으로 구조되었지만, 유독가스에 중독되어 기억상실증에 걸려 있었습니다. 얼굴에는 힘겹게 살아온 흔적이 배어 있었습니다.

승기는 고등학교 때 최고의 스타였습니다. 노래를 어찌나 간드러지게 잘 했으면 승기 때문에 학교 다닐 맛 난다는 친구들이 있었습니다. 승기를 불러내 노래 신청을 하는 것은 우리에게 큰 즐거움이었습니다. 잠시 옛 생각에 빠지니 눈시울이 뜨거워졌습니다.

"오 – 준 – 아."

갑자기 나지막한 목소리가 들렸습니다. 승기가 나를 뚫어져라 보고 있었습니다. 보름 넘게 말 한마디 못했던 친구에게 기억이 돌아오고 있었습니다. 기적이 일어난 것처럼 보였습니다. 부인의 눈가에도 어느덧 눈물이 글썽였습니다.

하지만 부상보다 더 큰 서글픔이 있었습니다. 소방공무원에 대한 비참한 처우 때문이었습니다. 인터넷에 올라와 있는 어느 소방관의 메모를 보면 우리의 소방관이 얼마나 비참하게 살고 있는지 알 수 있습니다.

*소방관 1인당 국민 1천980명 담당(프랑스 240명)*
*공무중 상해를 당하면 3개월 뒤 자비(自費)로 치료*

정부는 화재를 진압하다 죽으면 장례식장에서 순직자 이름만 바꿔가며 조사(弔辭)를 읽고 있었습니다. 국가와 시민을 위해 목숨을 바친 소방관들을 위해 추모비 하나 만들어주지 않았습니다. 불을 끄다 다쳤는데도 치료비의 일부를 본인이 부담해야 한다는 대목에서는 할 말을 잃어버리고 맙니다. 치료기간이 3개월이 넘으면 스스로 해결해야 하고, 장기(長期)입원을 못해 병원에서 쫓겨나는 일도 생긴다는 것이었습니다. 심지어 순직한 뒤 국립묘지에 안장되려면 석 달 이상 걸리는 경우마저 있었습니다.

친구는 바로 그런 열악한 환경에서 화재를 진압했고, 10여 년 동안 무수히 많은 사람을 구조해주었습니다. 오래도록 치료가 불가피한 남편을 보며 부인이 왜 시름에 젖어 있는지 알 수 있었습니다.

미국과 프랑스 등 선진국에서 소방관은 최고의 엘리트 집단으로 인정받고 있습니다. 그들은 살아서는 존경의 대상이고, 죽어서는 영웅으로 대접받습니다.

9.11 테러가 났을 때 소방관들은 가장 큰 희생을 당했습니다. 무려 200명이 넘는 소방대원이 쌍둥이빌딩의 붕괴를 예상하면서도 시민들을 구하러 뛰어 들어갔습니다. 그들 모두 소방관이라는 자긍심 하나만으로 국가와 국민을 위해 몸을 던질 수 있었습니다.

미국에서는 소방관이 죽거나 다치면 그 가족은 국가가 나서 책임을 집니다. 그뿐만 아닙니다. 국민들은 해마다 희생자들의 넋을 기리며 그들의 정신을 기억합니다. 유가족들은 그런 사회적인 분위기에서 아픈 마음을 달랠 수 있습니다. 미국 소방관들의 직업만족도가 무려 95%가 넘는 것은 결코 우연이 아닙니다. 그 수치는 의사나 변호사보다 훨씬 높은 것이고, 단순히 월급이 많다고 해서 나올 수 있는 것이 아니었습니다.

우리의 소방관들은 명예나 자부심은커녕 불을 끄다 부상을 당했을 때 가족은 병원비를 구하러 다녀야 하고, 죽어서는 아무도 기억해주지 않는 세상에서 한줌의 재로 그

냥 사라질 뿐입니다. 소방관들의 열악한 환경은 어디에서 비롯된 것일까요? 우리의 무관심이 빚어낸 것은 아닐까요? 새삼 소방관들의 서글픈 삶에 고개가 숙여집니다.

- 소방관의 사회적 역할에 대해 이야기해봅시다.

- 미국이 소방관들에게 좋은 근무환경을 만들어주고, 사상자에게 각별한 예우를 해주는 이유는 무엇일까요?

- 우리의 경우 소방관 처우를 어떻게 개선해주어야 할지 이야기해봅시다.

# 구청장이 보내준 편지

**50자 요약**

구청장에게 보냈던 편지 한 통으로
대로변의 화단이 철거되는 계기가 되었고,
작은 힘으로도 세상을 바꿀 수 있다는 것을 알았다.

고등학교 1학년 때였습니다. 어느 조회시간에 담임선생님께서 나를 불러냈습니다. 선생님은 다짜고짜 학생들에게 박수를 치라고 했습니다. 아이들은 서로 멀뚱멀뚱 쳐다보며 영문도 모른 채 박수를 치기 시작했습니다. 선생님은 소리가 작다며 다시 한 번 박수를 주문했습니다. 나도 영문을 모르기는 마찬가지였습니다. 잠시 후 선생님이 양복 안주머니에서 편지 한 통을 꺼내 읽었습니다.

담임선생님께,

귀 반의 학생이 편지에서 지적해준 대로변(大路邊)의 화단 문제를 검토하기로 했습니다. 감사합니다.

강남구청장 이영식 드림


당시 서울 강남의 대로 양쪽 가장자리에는 화단을 설치해두었습니다. 화단 안쪽으로는 차 한 대 들어갈 공간이 있었습니다. 자전거 전용도로였던 것입니다. 하지만 구청의 계획대로 되지 않았습니다. 자전거를 타고 다니는 사람은 찾아보기 힘들었고, 버스 기사들이 아무데나 차를 세우는 바람에 화단만 엉망진창이 되어 버렸습니다.

잔디가 짓밟혀버리자 화단은 흉하기 짝이 없었습니다. 비가 오면 화단에서 흘러내린 벌건 흙탕물이 도로에 흘러내려 고이기도 했습니다. 화단은 도시 미관을 살려주기는커녕, 도시의 흉물이 되었습니다. 어느 날 나는 구청장에게 편지를 썼습니다.


존경하는 구청장님께,

강남지역 대로변 화단이 버스의 무단정차로 훼손되고

*있습니다. 화단 잔디가 짓밟히고 시뻘건 흙이 드러나고 있어 보기에 너무 좋지 않습니다. 부디 이 문제를 잘 검토해주셨으면 합니다. 감사합니다.*

나는 이해를 돕기 위해 화단이 어떻게 훼손되고 있는지 도면(圖面)까지 첨부했습니다.

답장은 보름쯤 지나서야 도착했습니다. 구청장은 담임 선생님에게 편지를 보냈던 것입니다. 학생에게 칭찬해주라는 부탁도 잊지 않았습니다. 선생님은 교장선생님께도 보고했습니다. 나는 그날 하루 종일 칭찬을 받느라 정신이 없었습니다.

그로부터 시간이 지났습니다. 어느 날 버스를 타고 가다 대로변의 화단이 철거되는 것을 목격했습니다. 흉물스러운 화단이 하나씩 사라지고 있었습니다. 도로 양쪽에 화단이 없어지자 도로는 뻥 뚫리게 되었습니다. 화단은 나중에 도로 중앙으로 자리를 옮기고 있었습니다. 중앙 화단에는 나무도 심고 꽃도 심었습니다. 도시가 살아나는 것처럼 보였습니다. 화단은 중앙분리대의 기능도 겸함으로써 자동차 사고 방지에도 이바지할 수 있었습니다.

철모르던 시절 구청장에게 보냈던 편지 한 통으로 한 가지 사실을 깨달았습니다. 어떤 변화든 그것은 결코 큰 힘에 의해서만 이루어지는 것이 아니라는 것을 알게 된 것입니다.

• 구청장은 어떤 생각으로 답장을 보내주었을까요?

• 대로변 화단이 원래의 계획대로 쓰이지 않은 이유는 무엇일까요?

• 작은 계기 하나로 세상이 변하게 된 사례를 찾아보세요.

# 어머니의 빈자리

**50자 요약**

어머니의 갑작스런 죽음, 병실의 환자,
한 고등학생의 구두 이야기를 통해
어머니의 빈자리가 얼마나 큰지 생각해보았다.

15년 전 초겨울, 어머니를 잃고 한동안 슬픔을 억누르지 못하던 나는 세상의 슬픔은 몽땅 내가 소유하고 있는 것처럼 느껴졌습니다. 그것은 아버지에 비하면 아무것도 아니었습니다. 아버지는 어머니와 40년 동안 살아오시면서 말다툼 한 번 하지 않았습니다. 아버지는 슬픔과 허탈함에서 벗어나지 못하고 계셨습니다.

매주말 안성에 있는 선산에 가자고 제안했습니다. 겨우내 어머니 산소를 찾았습니다. 매주말 어머니를 만나면서 아버지께서 조금씩 안정을 되찾아가시는 듯했습니다.

봄이 지나면서 잡초가 고개를 들기 시작했습니다. 어느 날 우리는 제초제와 분무기를 싣고 선산에 갔습니다. 아버지께서 분무기로 제초제를 뿌리기 시작했습니다. 내게는 그것이 제초제의 분무(噴霧)가 아니라, 아버지의 눈물처럼 보였습니다. 그 느낌을 적어 신문사에 보냈습니다.

작년 초겨울, 세상을 떠나신 어머니를 선산에 모시고 푸석푸석한 땅을 우벼가며 힘들게 심었던 잔디가 이젠 제법 푸릇푸릇하다. 지난번 뿌렸던 제초제 덕에 군데군데 잡초들이 누런색으로 고개를 숙이고 있다. 갑작스런 어머니의 죽음으로 가장 충격을 받은 사람은 40년 동안 어머니와 살면서 말다툼 한 번 안하셨던 아버지였다. 나는 아버지의 눈물을 보지 못했다. 그러나 환갑을 갓 지내신 아버지는 친척들의 문상까지는 눈자위가 벌겋게 달아오를 때까지도 잘 참으시더니 친구들이 몰려왔을 때는 복받쳐 오르는 서러움을 눈물로 뿌려내고야 말았다.(중략). 어머니의 빈자리, 아버지의 가슴에 남은 그 설움의 자취를 누가 어루만질 수 있을까?....(동아일보)

신문에 글이 실린 뒤 독자들에게 편지가 오기 시작했습니다. 주로 어머니를 여읜 자식들의 편지였습니다. 모두 돌아가신 어머니를 다시 한 번 떠올리게 되었다며 감사의 편지를 보낸 것이었습니다.


지난 1월 나는 큰딸이 수술을 받는 바람에 20일 동안 병실을 들락거리게 되었습니다. 딸애의 옆자리에는 예순이 훨씬 넘은 분이 누워 있었습니다. 당뇨 합병증으로 이미 2년 동안이나 뇌사상태에 빠져 있는 분이었습니다. 간병인이 없는 주말에는 자식들이 하루씩 돌아가며 병실을 찾아왔습니다. 자식들은 눈길 한 번 주지 못하고, 말 한 번 못하며 누워 있는 어머니의 팔 다리를 주물러주고, 기저귀도 갈아주고 있었습니다.

어느 날 병상을 지키던 막내아들이 입을 열었습니다.

"어머니가 내 이름 한 번 불러주는 게 소원예요."

나는 더 이상 할 말이 없었습니다. 속으로는 그런 어머니라도 옆에 있었으면 얼마나 좋을까 하는 생각도 들었습니다. 절로 눈물이 흘러내렸습니다.

얼마 전 아내에게 직장동료 딸이 겪었던 얘기를 전해 들었습니다. 고등학교 1학년에 다니고 있는 딸의 친구가 최근에 어머니를 잃었습니다. 그 학생의 어머니는 암으로 고생을 하다 세상을 뜨고 말았습니다.

어느 날 어머니를 잃은 친구가 낯선 구두를 신고 왔습니다. 누가 봐도 새 신발이 아니었습니다. 아무리 봐도 그 학생의 구두처럼 보이지 않았습니다.

"이건 못 보던 구두네."

그 친구는 대답을 하지 않았습니다. 잠시 후 친구의 눈에 눈물이 맺혔습니다.

"엄마 구두야."

그 친구는 놀랍게도 이미 죽은 엄마의 구두를 신고 학교에 왔던 것입니다.

"엄마가 너무 보고 싶어서..."

나는 그 이야기를 듣는 순간 몸이 얼어붙었습니다. 나는 그 학생의 마음을 충분히 이해할 수 있었습니다. 나도 돌아가신 어머니를 못 잊어 지난 15년 동안 머리카락을 지니고 있었기 때문입니다. 그것은 어머니가 돌아가시자마자 병원 응급실에서 살짝 뽑아 보관해온 것이었습니다.

무엇이든 늘 그 자리에 있을 때는 아무도 그 고마움을 모릅니다. 사람도 마찬가지입니다. 어머니와 아버지가 곁에 있을 때는 그 분들이 어떤 의미를 갖는지 알지 못합니다. 그러나 어느 한 분이라도 세상을 떠나고 나면 그 빈자리가 너무 크다는 것을 깨닫게 되는 것입니다.

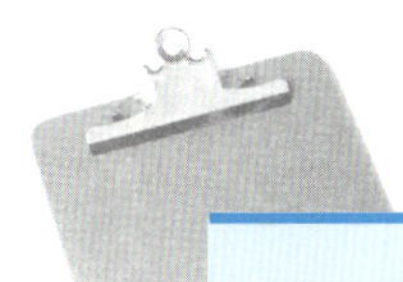

• 아버지의 슬픔이 더욱 컸던 이유는 무엇이었을까요?

• 2년 동안 뇌사상태의 어머니를 찾아오는 자식들의 심정은 어떠할까요?

• 죽은 엄마의 구두를 신고 온 여학생 이야기를 듣고 어떤 느낌이 드나요?

# 대합실에서 받은 1유로 동전

**50자 요약**

독일인이 아이들에게 쥐어준 1유로 동전과
네팔인의 고아원 방문을 통해
우리 사회가 자선에 얼마나 인색한지 알게 되었다.

여러 해 전 어느 날, 야간열차를 타고 함부르크역에 아침 일찍 도착했을 때 아이들과 내 꼴은 말이 아니었습니다. 머리는 부스스 하고 옷차림은 너저분해 있었습니다. 내가 잠시 전화를 하러 간 사이 아이들은 대합실 기둥에 몸을 기댄 채 앉아 있었습니다. 한참 후 아이들이 앉아 있는 곳으로 갔더니 그 동안 뭔가 흥미로운 일이 벌어진 듯 히죽히죽 웃고 있었습니다. 아이들이 각자 1유로짜리 하나씩을 내게 들어 보였습니다.

"아빠, 누가 1유로짜리 동전을 주고 갔어."

"아니, 왜? 너희들이 돈을 왜 받아?"

웬 중년 신사가 아이들이 앉아 있는 쪽으로 오더니 동전지갑에서 1유로짜리 하나씩을 덥석 쥐어주고 갔다는 얘기입니다. 그럴 만한 이유가 있었습니다.

아빠 기다리기가 지루해진 아이들은 주머니에 있던 유로화 동전들을 잔뜩 꺼내 세어보고 있었습니다. 야간열차에서 바로 내려 옷과 머리 스타일이 형편없이 보인데다가 동전까지 세고 있었으니, 지나가던 독일인이 그냥 지나칠 리 없었던 것입니다. 아이들은 졸지에 거지가 된 셈이었습니다.

나는 그때 서양인들의 자선에 대해 생각해보지 않을 수 없었습니다. 그들은 누군가 처지가 좀 어려워 보이면 주머니에서 동전이라도 꺼내주는 습관이 몸에 배어 있습니다. 서양인의 그런 모습은 우리의 전철에서도 자주 관찰할 수 있었습니다.

전철 안에서는 시각장애인들이 자주 구걸을 다닙니다. 장애인들은 주로 하모니카를 불며 자신의 존재를 알립니다. 시각장애인이 나타나면 우리 승객들은 잠자는 척을 하거나 신문지로 얼굴을 가려버리는 경우가 허다합니다.

그에 비해 서양인들은 완전히 다릅니다. 나는 몇 번이나 그 사람들을 관찰해보았습니다. 그들은 놀랍게도 옆 칸에서 하모니카 소리가 들려오면 지갑에서 천 원짜리 지폐 한 장이라도 꺼내 장애인을 기다리고 있었습니다.


지난 1990년, 평생 김밥을 팔아 힘겹게 모은 50억 상당의 재산을 한 지방대에 기부한 할머니는 우리 사회에 잔잔한 감동을 안겨주었습니다.

그 할머니는 40세의 젊은 나이에 남편을 잃은 뒤 대전에서 김밥을 팔아 돈을 모으기 시작했습니다. 할머니는 평생 검정고무신에 통바지 차림이었습니다. 배가 고파도 참고, 몸이 아파도 병원 한 번 제대로 가지 않았습니다. 당신을 위해서는 단 한 푼의 돈도 쓰지 않았습니다.

그런데 기부 받은 대학이 어처구니없는 일을 저지르고 말았습니다. 그 대학은 기부금으로 착공한 건물 이름을 할머니의 법명(法名)을 따서 '정심화 국제문화회관'이라고 이름 붙였습니다. 모두 마땅하고 당연한 일이라고 반겼습니다. 그러나 2000년 건물 공사가 끝나자, 대학 측은 할머니의 법명을 슬그머니 빼기로 했습니다. 기증받은 부동산이 제값에 팔리지 않아 할머니의 기부금만으로 국제회관 건립을 하지 못했다는 해명이었습니다.

여론이 들끓고 일어났습니다. 2002년 대학은 다시 김밥 할머니의 법명을 넣었다가, 다시 한 번 할머니의 이름을 빼겠다고 했습니다. 국제교류원 등의 건물이 새로 세워지면서 국제적인 면모에 어울리는 새 명칭이 필요하다는 이유였습니다. 소가 웃을 일이었습니다. 이런 일이 국립대학에서 벌어졌다는 소식에 더욱 기가 찼습니다.

어쩌면 할머니의 뜻이 가장 잘 전달되려면 '김밥 할머니 국제문화회관'이라는 이름을 붙여드려야 했습니다. 세계 어느 대학을 봐도, 길에서 김밥을 팔아가며 꼬깃꼬깃 모은 500만 달러(약 50억원) 재산을 기부 받은 대학은 없습니다.

대학으로서는 기가 막힌 홍보재료를 놓쳐버린 셈이었습니다. 더욱이 대학 측이 국제화에 어울리는 이미지를 생각했더라면 김밥할머니 기부를 세계적인 뉴스로 띄울 수도 있었습니다.


네팔항공에서 이사로 일하고 있던 네팔인 친구가 있었

습니다. 그는 네팔에서 상류층입니다. 어느 날 '네팔 관광의 날' 행사가 열렸을 때 자신의 친구들을 내게 소개해주었습니다. 주로 네팔의 수도 카트만두에서 고급 호텔을 운영하는 상류층 인사였습니다. 행사가 끝날 무렵 네팔 친구가 서울의 두 지역을 꼽으며 가는 길을 물어보았습니다. 모두 고아원이었습니다. 이유가 궁금해 물었더니 네팔 친구가 머뭇머뭇하다가 입을 열었습니다.

"그동안 돈만 보냈는데, 이번에 한 번 들러보려고요."

"아니, 돈을 보내다니요?"

나는 그 친구가 우리나라 고아원에 돈을 보내줄 특별한 이유가 없다고 생각했습니다.

"사실, 몇 년째 자선단체를 통해 고아원에 송금을 했거든요. 애들은 한 번도 못 보고 말이죠."

그는 네팔에서 사업을 하는 친구를 가리켰습니다. 그도 이번에 고아원에 가려고 해서 길을 물었다는 것입니다.

네팔은 세계에서도 가장 가난한 나라로 꼽힙니다. 1인당 국민소득이 고작 1천400달러입니다. 그것은 웬만한 사람이라면 이름도 들어보지 못했을 아프리카 모잠비크나 콩코와 비슷한 수준이며, 베트남의 절반가량 되는 국민소득입니다. 그런 나라 사람이 한국이나 심지어 일본의 고아원 등에서도 자선활동을 벌이고 있었습니다.

　나는 네팔 친구의 얘기를 듣고 얼굴이 화끈거렸습니다. 갑자기 쥐구멍에라도 들어가고 싶은 심정이었습니다. 그들은 찢어져라 가난한 나라에 살고 있어도 마음만은 그 누구보다 부유했던 것입니다. 우리나라 사람들은 자선활동에 왜 인색한지 그 이유가 더 궁금해져 갔습니다. 기부를 받은 대학은 무엇 때문에 그 기부자의 이름조차 빼려고 했는지 참으로 알 수 없는 노릇이었습니다.

# 칭찬의 힘

**50자 요약**

아이가 홈페이지에 글을 올렸을 때
한 작가의 칭찬과 그 방법이
얼마나 큰 영향을 끼쳤는지 실감하였다.

2002년 늦가을 어느 주말이었습니다. 두 아이와 춘천행 기차에 몸을 실었습니다. 춘천에 도착한 우리는 교동을 찾았습니다. 그곳에는 소설가 이외수 선생이 살고 있었습니다. 작가의 집에는 많은 독자가 와 있었습니다. 소설 〈괴물〉 출간을 축하하러 온 것이었습니다. 이외수 선생은 서른 명이나 되는 독자들과 밤새도록 이야기꽃을 피웠습니다. 독자들에게 하모니카도 연주해주고, 노래도 불러주었습니다.

이튿날 집에 돌아온 뒤 큰 아이가 글을 하나 썼습니다.

제목은 〈4학년 2반의 왕따일기〉였습니다. 이외수 선생의 홈페이지*에 그 글을 올렸습니다.

*10월 9일 왕따의 고통은 시작되었다. 버스에 탄 아이들은 수군거리며 과자를 주고받았고, 4학년 2반 교실의 멍청한 왕따들은 왕따들끼리 앉아 내용을 알 수 없는 귓속말로 뭔가를 지껄여댔다....*

한 번도 이런 글을 써본 적이 없던 지우가 두 번째 글을 올렸고, 다시 이틀 뒤 세 번째 이야기를 썼습니다. 밤늦게 댓글이 올라왔습니다. 작가가 올린 글이었습니다.

*갈수록 재미가 더해지는 구나. 과연 다음은 어떤 내용으로 전개될까? 계속 궁금해지는 걸. ^^(이외수)*

선생의 댓글이 올라오자 지우의 표정이 더 밝아졌습니다. 지우는 이삼 일 간격으로 글을 올렸습니다. 홈페이

---

* www.oisoo.co.kr

지에는 다른 아이들도 덩달아 글을 써서 올리기 시작했습니다. 시를 올린 아이도 있었고, 독후감을 올린 아이도 있었습니다. 선생은 그 아이들에게도 댓글을 올려 똑같이 칭찬해주었습니다.

*제6회: 비밀스러운 속삭임*

*식당까지 가는 3분이라는 짧은 시간 동안 내 머리 속에 많은 생각이 스쳐 지나갔다. 다인이 생각, 두류의 왕따 편지, 단비의 비밀스러운 속삭임 등등...*

여섯 번째 글을 올렸을 때 이외수 선생이 작심이라도 한 듯 댓글을 붙여주었습니다. 작가는 지우가 계속해서 글을 쓰고 있다는 점에 관심을 두고 있었습니다.

*초등학교 4학년짜리 어린이로서 이토록 긴 글을 이끌어 나가기가 그리 쉬운 일은 아니다. 하지만 우리의 작가 권지우는 지금까지 매우 뛰어난 솜씨를 발휘하고 있다. (이외수)*

어느 덧 해가 바뀌었습니다. 지우의 왕따일기는 종반부를 향해 가고 있었습니다. 이외수 선생은 미동(微動)조차 하지 않았습니다. 이틀에 한 번 꼴로 연재를 하고 있었지만, 선생은 그 어떤 댓글도 올려주지 않았습니다. 서너 번 글을 올렸던 또래 아이들에게도 댓글을 중단해버렸습니다. 아이의 사기가 떨어지지 않을까 조바심도 일었지만, 다행히 지우는 계속 글을 올리고 있었습니다.

2003년 1월 1일, 〈4학년 2반의 왕따일기〉 마지막 회가 홈페이지에 올라갔습니다.


### 제18회:원수는 스승이었다.

이때까지 정말 많은 일들을 경험한 것 같다. 슬픔, 기쁨, 우정 등등을 이곳 4학년 2반에서 다시 한 번 경험했다. 지금 생각해보면, 신두류라는 존재는 나에게 철천지 원수요, 또 하나의 스승이다. 옛날의 나를 지금의 나로 변화시켜놓은 사람도 나의 영원한 원수 신두류다....


홈 식구들이 축하해주었습니다. 모두 열심히 썼다고 칭찬도 해주었습니다. 그런데 초반에 그토록 칭찬을 아끼지 않았던 선생이 이번에도 무반응이었습니다. 지우도 약간 실망한 듯 시무룩한 표정이었습니다.

연재를 마친 지우는 다시 일상으로 돌아갈 준비를 하고 있었습니다. 그때 이외수 선생이 장문의 댓글을 올렸습니다. 마지막 회가 홈에 올라간 지 이틀 뒤였습니다. 지우가 볼풍선을 실룩거리며 기뻐했습니다.


*지우야! 원수는 스승이었다, 참으로 대단한 깨달음이다. 힘든 일을 아주 명쾌하게 잘 마무리 지었구나. 글이란 재주보다 마음가짐이 중요하다는 사실을 명심하고 세상과 사람을 아름답게 만들어주는 작가로 대성하기를 빈다.( 이외수)*


얼마 뒤 이외수 선생은 춘천에서 조촐한 파티를 열어주었습니다. 칭찬에 대한 당신의 소신도 밝혔습니다.

"지우가 처음 내 댓글을 보았을 때 기뻐했을 거예요. 얼마 뒤부터 저는 일부러 댓글을 올리지 않았습니다. 칭찬 없이도 글을 쓸 수 있는지 보고 싶었던 거지요. 그때 다른 아이들은 댓글을 안올려주니까 모두 글을 중단했거든요. 그게 보통 아이들의 속성이죠. 나는 댓글 없이도 지우가 똑같은 마음으로 글을 써주기를 바라며 기다렸던 것이죠. 그 고비만 넘기면 엄청난 힘을 발휘할 수 있으니까 말입니다."

선생은 칭찬의 속성과 타이밍을 꿰뚫고 있었습니다. 언제 칭찬을 해주어야 하는지, 또 언제 칭찬을 멈추어야 하는지도 말입니다. 칭찬을 어떻게 해주어야 하는지도 잘 알고 있었습니다. 선생은 〈4학년2반의 왕따일기〉 이후를 염두에 두고 있었습니다.

칭찬의 힘은 대단했습니다. 지우는 〈상상렌즈 모험일지〉와 〈만실이 일기〉 등 두 편의 이야기를 3월부터 시작하여 크리스마스 이브까지 32회나 더 연재할 수 있었고, 중학교 3학년이 된 지금까지도 글쓰기를 계속할 수 있었습니다.


마리오가 처음 이 학교에 들어와 먹은 급식은 무더기로 쌓아서 장작불을 지펴 구울 것으로 짐작이 가는 아주 새까맣게 타거나 아예 익지도 않은 빵 세 덩이와 파리 한 마리가 빠어 있는 우유 한 컵, 그리고 이 중에서 제일 나

아보이긴 하지만 간혹 딸기가 덩어리째 들어있는 딸기잼 뿐이었다.(단편 '마리오 이야기' 중에서)


  그의 아내는 매일 식당일을 나가 벌어오는 돈으로 살림을 꾸려나가고 있었다. 중소기업의 말단인 남편이 벌어오는 돈이야 어차피 얼마 되지도 않는데다가 그나마 그 돈도 대부분 제 어깨 힘주는 데 쓰고 있으니 그럴 만도 하였다. (단편 '자존심이 강한 남자' 중에서)

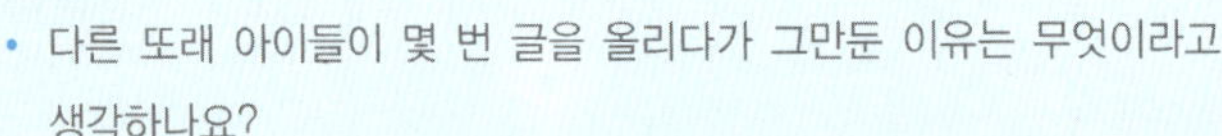

- 다른 또래 아이들이 몇 번 글을 올리다가 그만둔 이유는 무엇이라고 생각하나요?

- 작가는 어떻게 칭찬을 해야 효과를 얻을 수 있다고 생각한 것일까요?

- 칭찬 때문에 인생이 변하게 된 사례를 찾아 이야기해보세요.